流浪小木屋

十三 阿全 编著

人民邮电出版社

北　京

图书在版编目（CIP）数据

流浪小木屋 / 十三，阿全编著. -- 北京 : 人民邮

电出版社，2024. -- ISBN 978-7-115-65505-9

Ⅰ．Ⅰ267.5

中国国家版本馆 CIP 数据核字第 20248JY087 号

内 容 提 要

　　由自由、浪漫、梦想和爱组成的生命是什么样？理想中的家与生活又是什么样？十三和阿全的这座小木屋给出了一份答案。

　　在小木屋的日子里，砍柴、养马、取暖、修家具，一点一点亲手建立起一个家，过程是波折的，也是美好的：一家人在一起的每一天是独一无二的生活，也是五彩斑斓的人生。

　　全书共 4 章，分别讲述小木屋的故事、小木屋的邻居、作者的感情观和暂别草原的不舍之情。作者用温柔有力、率真炙热的文字，将生活在呼伦贝尔的小木屋中的思考感悟、生活趣事、风土人情记录下来，配以生活气息浓郁、治愈力十足的照片，为读者呈现呼伦贝尔独特的人情风貌与生活中的苦辣酸甜。读者不仅能从书中感受到草原风情的魅力，还能从中看到感同身受的自己。读完这本书，你会哭、会笑、会被治愈，更会获得积极向上的生命力。

　　我们都向往着远离都市的喧嚣，回归自然的宁静，却没有多少人有勇气迈出第一步。而这座木屋里的生活，不仅是十三和阿全的梦想，也是当今社会许多年轻人心中的梦想。希望读者能通过本书重拾为梦想和爱而努力的动力。

　　本书适合各年龄段读者阅读。

◆ 编　著　十 三　阿 全

　　责任编辑　杜梦萦

　　责任印制　马振武

◆ 人民邮电出版社出版发行　　北京市丰台区成寿寺路 11 号

　　邮编　100164　电子邮件　315@ptpress.com.cn

　　网址　https://www.ptpress.com.cn

　　北京九天鸿程印刷有限责任公司印刷

◆ 开本：880×1230　1/32

　　印张：6.375　　　　　　　　2024 年 11 月第 1 版

　　字数：196 千字　　　　　　 2025 年 5 月北京第 2 次印刷

定价：69.80 元（附小册子）

读者服务热线：(010)81055296　印装质量热线：(010)81055316
反盗版热线：(010)81055315

所以 燃、野：

　　你们在城市长大，并不知道大自然和人类的紧密关系。

　　在这个世界上的很多地方，人们靠山吃山，靠水吃水。

　　他们以掉枯死的树木用来建造房子和取暖，他们用雪水煮开洗漱。

　　大自然非常美好，难以用语言形容。

　　妈妈希望你们长大后的某天，会收集海边垃圾，会节约用水，会避免使用塑料制品。

　　对你们我们没有什么大的愿望，我们的愿望也不应该强加在你们身上。

　　爸爸妈妈在网上把地球买了一座小木屋，如果有一天你们想离开城市，也许可以来这里，回归和自然最原始的关系。

　　不管你们未来人生如何，记住：

　　保持善良，保证坦诚，保护你们做梦筑梦的一切。

　　　　　　　　　　　　　　　十沐·阿全

来到小木屋的第三年，拥有了四只羊、十一只鸡（今天烤了一只），还有一匹马。现在才能说，嘿，我在草原上有一座小木屋。

木屋是破旧的。

老实说，买到的时候状况很差：七十多年前建造的传统木刻楞建筑，房屋倾斜，墙面都是歪的，加上院子多年未打理，烂糟糟的，几乎不能住人。可竟还是觉得很快乐——

我拥有一座背靠雪山的房子了呢！

现在想起来，依然觉得是无比梦幻和感动的时刻。

从看到木屋的那天起，就开始用文字做记录，断断续续地写了两年，从一个连雪都不经常看到的南方城市搬来这片土地，过起了零下四十多度的生活。从初看到雪的兴奋，到冷的透骨，从在当地一个人都不认识，到回村里几乎都不用开火，现在，也总算变得游刃有余起来，完完全全忘了刚来时的窘迫和无措。要知道，刚来的时候，连柴都不知道怎么烧，被冻个半死。

想起来，木屋同这本书一样折磨过我，我却依然记录了七百多天，并和它达成了一种协议。

"我们就好好相处吧。"

然后，山和风，树和马，云和月，酒和茶，都成了我的朋友。有时候会骑着马去到松林边，从西伯利亚穿越而来的冷风在树林里扬起，发出阵阵类似海浪的声音。

这就是我面朝的大海啊，来自山的海。

今年，我们把孩子和家人也接了过来，热热闹闹地生活在了这里。

孩子们和我睡在床上，咯咯咯地笑个不停，七月晚上的空气凉飕飕，带着一点点的冷意。晚上十点多，天刚黑，偶尔还能听见马蹄路过的声音。

这个夏天，被治愈得彻彻底底，被爱包围，没有一丝阴影。

就像是浸泡在野外寻觅到的温泉里，可以享受山野、自然，并被温暖包围。

我被小木屋治愈了，不再担惊受怕——毕竟那么苦、那么难的日子大家都度过了；不再忧心未来——生活简单到拥有粮食和温暖就足够快乐。

写到这里，透过百叶窗缝，路灯偷偷地熄灭，窗户外只有月光细细描绘着云的轮廓。相比之下，我好像更喜欢冬天的月亮，总是毛茸茸的，像一只团起来的兔子。夜晚也总是很静谧，比十点的夏天还要静无数倍，哪怕雪一落，树枝一摇晃，屋顶抖了一抖，都能听见。

突然就期待起草原的冬天来。

很想把这份快乐送给你们呀，就在这本书里，当作给朋友的礼物。

"朋友啊，你有时间吗？想邀请你参与我的草原生活，就从这个夏天开始，到夏天不再开始。"

2024 年夏天
于流浪小木屋

目录

第一章

流浪小木屋

我们有一座

小木屋了

小木屋治愈了我的精神内耗

买小木屋之前，我们度过了非常痛苦的时期，每天靠酒精让自己尽快入睡，甚至陷入了自我怀疑。

我真的很笨吗？这几年是不是懒惰了？我是不是很不讨人喜欢？未来该怎么办？孩子们该怎么办？世界是不是离我们越来越远了？

而更难过的是，明明都已经努力了，也想着拼命变好，为什么还是那么普通。

这样的情绪让我这三年过得极度灰暗。

直到……

我们来到了呼伦贝尔，发现原来天是明亮的，草地是金黄的，风是轻松的，树叶在每个季节都有它的归宿。生活的节奏如同物流一样慢得不行，很早就天黑了，一天只能干一两件事。

但是每天好忙呀：捡桦子（也就是大块的劈柴）、锯木头、做饭、烤火、喂喂牛羊马，晚上还得热炉子。一天忙活下来仿佛啥也没干，一件件说出来又好像干了好多好多事。

在这里不需要和人比较，因为每个人都有自己的院子和忙活的事情，根本没人闲着管你。可爱的是他们天黑前就完活，一定不把活计落入傍晚时分。

所以下午五六点的火烧云，是所有人每天都能见着的。

甚至晚上起夜，在零下三十多度的夜里穿过星空下的雪地到达旱厕，都是一件浪漫的事。

城市里，我们总是习惯被拿来做"比较"。

小时候，比成绩、比速度、比乖巧、比父母；

长大了，比业绩、比房子、比车子、比孩子。

可是这个世界上所谓"完美"的人太多了，我们总拿自己的劣势和别人的长处比，就会控制不住去想"为什么我这么差劲""为什么就是不如人家"，甚至对未来感到迷惘、焦虑，觉得生活毫无意义。

就好像大家都在考研、考编，明明不想考，可不考又找不到好工作，而且大家都这么干，为什么别人都行，我不行？

慢慢地，这些自我怀疑就变成了精神内耗。

在很长一段时间里，我就很不擅长人际关系，常常苦恼自己为什么是这样的性格。慢慢地，我觉得一切都是自己的问题。

是不是性子太直了？

是不是不讨人喜欢？

是不是做得不够好？

　　这样的自我消耗，一度磨灭了我原本的真实性格。

　　这种情绪在成为妈妈后到达了顶峰：为什么人家的孩子总是那么优秀，为什么我总是会发脾气，为什么这么简单的题目我都教不了……

　　然而，最近我才发现，并不是我们不够好，而是在我们被养育的过程中，并没有体验到被认可、被理解、被支持。

　　只有当父母先接收到这些认可，并把这些东西在自己的身体里消化后，才能传递给孩子。

　　"你不是不好，只是不够擅长。"这句话让我豁然开朗。

不如换一个方式，去遥远边境的一个小村子，这里所有人都充满着善意，几乎不需要烦恼社交。

大家的院子都相隔两三百米，对于南方人来说过于空旷，在北方人眼里却是刚刚好。

在这里，我竟然发现，原来我还挺招人喜欢呢（挠头）。

有很长一段时间，我觉得自己一事无成。

于是，我开始尝试各种没有体验过的事情，并在这些事情之中找到了自己最喜欢的一项：登山。

"看五年，想三年，认真干一年。"这是当地人和我说的。

就这样，花了三年时间从海拔五千米的雪山一直登到了海拔七千米，准备继续登八千米。

清单上的事件不必多，有两三件，甚至一件最重要的事情就够了。这件事做成了，顶得上其他千件万件。

学会试错，比掉入完美主义的陷阱要好得多。

想开网店，就从拍照上架开始；想学摄影，手机就可以记录和研究；想写作，就保持着每天都记录的习惯。

然后你会发现——其实并没有开始前想象的那么难。

"真正的英雄主义，是认清生活真相后依然热爱生活。"

永远坚定自己选择的一切，如果后悔，就坚定地后悔。

按照自己想要的方向一直走下去，直直走，你会发现一切都是新的，一切都是你的。

御寒记

在呼伦贝尔的冬天，御寒可是头等大事。

这里用的取暖设备大多是电暖器，需要在里面灌水，绝不可断电。一旦断电，没一会儿管子就全部冻住，可能还会冻爆，连防冻液都不顶用，毕竟零下三四十度横跨了整个冬季。

也可以烧煤，只是费用也不低，有技巧的牧民烧它一个月也得一千多块，对于没有收入的冬天来说是一笔好大的支出。而且烧煤得有专门的锅炉房，得盯着，还得留神一氧化碳。

好在这几年开始推行煤改电，本来平日里电费是五毛一度，晚上到早上六点前是两毛五一度，便宜了一半。

哪怕冬天近八点才天亮，大伙儿都会设置六点的闹铃，起来关掉电锅炉，改烧煤。

反正我自己是受不了烧煤，进烧煤的屋子就会感到缺氧，晕乎乎的，像喝醉了一样；晚上回家必定得洗鼻孔，洗出来一鼻子的黑煤渣。

当地人还是喜欢烧火墙取暖，这种取暖方式不适合大房子，得小空间，三十来平方的房间烧着火墙，真是顶顶地暖和。烧火墙烧的还得是松木，用白桦树皮引火，屋子里会有淡淡的松香味道，我好喜欢。

最头疼的还是冬天上厕所。

在呼伦贝尔，管道铺设得不够全，地域又广，只能做旱厕。冬天只是小便还好，要是蹲个大的，屁股会冻到没知觉。

也有大方的人做大型的化粪池，水管冻炸是常有的事。每到冬天来临之前还得叫吸粪车把化粪池清空，不然也会冻住。

所以还不如旱厕呢，方便完了挖个坑埋起来，再换个风水宝地，把旱厕一移，又可以重新"开疆扩土"。

这里传统的房子叫作木刻楞建筑，是将松木刨干净之后一层一层摞起来的，再在缝隙里塞进一种叫作树毛的植物，类似苔藓。不一样的是苔藓干了之后就瘪了，树毛干了之后会膨胀起来，把缝隙塞得满满的，就能阻挡严寒。

可树毛多稀少啊，木刻楞的房子漏风，上哪儿找这么多树毛去呢？偷懒的现代人就学会了打泡沫胶，没错，就是之前很热门的做发泡镜子的那个胶。什么地方漏风就打一点胶，结果远远看去，就像屋子的角落吐着白唾沫，粗糙又带着几分可爱。

除了房子，身上的行头也是极其重要的。

因为这里太冷了，普通的衣服在这儿完全不顶用。要是开车还好，如果长时间待在室外，得有一身"标准"的行头。

上半身的衣服，一般最里面穿 T 恤，套个羊毛衫，一个抓绒中间层，套个羽绒马甲，外面再来一件真皮毛一体的大衣。

只有皮毛是最能御寒的，牧民家里还有用熟的皮子做的长长的蒙古袍子，当地叫"大毫"，他们放羊或者冬天赶马车的时候就会穿，现在已经很少见到了。因为日照斜，当地人会戴自制的太阳眼镜：用木头或者骨头雕刻，中间开一条长约 6 厘米，宽度仅仅只有 0.5 厘米的细缝，我曾在阿拉斯加的印第安原住民博物馆见到过那样的眼镜。

现在年轻人都喜欢穿帽子上有一圈毛的羽绒服，我觉得防风效果比皮毛差远了，你们瞧瞧那冬牧场上的羊，真是一个个不惧严寒的猛士。

裤子就是一条保暖裤，一条毛裤，再套一条防水的裤子。毛裤买驼毛、羊毛的都行，这两种材质有些扎腿，但胜在便宜；牦牛绒的好，但是一条裤子在当地也得大几百。如果不怕僵硬，可以买羊皮毛的裤子，穿上之后就像是在腿部长了一大片皮毛，御寒效果相当不错。

防水的裤子，当地人一般都穿从劳保店买的防水裤，便宜好穿不心疼。有点条件的买冲锋裤或滑雪裤。可最抗冻又防风的，还是皮裤。羊皮的、牛皮的都行，羊皮的软和好穿，牛皮的比较硬，有些弯不下腿，还没什么毛。

所以羊在呼伦贝尔真的是好东西，冬天的羊肥，吃进肚子里，暖和又能抵御寒冷，而且羊毛也保暖，羊皮更是，真是全身都是宝。

袜子一般都是穿两双。

贴脚的穿全棉袜，透气舒服。再套一双羊毛的长筒袜，最好是过膝盖的，至少也要到小腿，把里面的裤子都包住，不漏一点点风。

为什么不都穿羊毛的呢？唉，纯羊毛的袜子可扎脚了。

鞋子就简单了，当地人穿一种毛靴，外面是马毛的，里面是羊毛的，筒口有一圈皮雕。最最重要的是鞋底——一层泡沫，一层牛皮，加上一层厚厚的毛毡。靠近脚掌的这层毛毡一般就是鞋垫了，穿不惯的朋友可以再加一双羊皮毛鞋垫。不过，这冬天的毛靴就得买大两个码以上，穿起来才够暖乎。

脑袋的御寒和脚部同样重要。

和手一样，一层毛线帽加一个皮帽是最优选项。

兔皮毛、狐狸毛、水貂毛，都是好东西。额尔古纳的原住民鄂伦春人会戴狍子帽，现在买不到了。因为这种帽子都是鄂伦春人纯手工制作，现在除了一些年纪大的奶奶，几乎没有人会做了。

我有一顶在蒙古国买的小狼毛帽，它的毛很长，中间一段又很软，毛杆是空心的，十分暖和。

还有一顶羊驼毛的帽子，是以前在南美旅行时候买的，又轻又暖和，重点是没有一丝膻味，这么多年，去冷的地方时一定不会忘记它。

对了，如果有车，车后备箱里一定一定要放几件厚厚的衣服。

这是沙叔和我说的：冬天陷车或者是没油了，信号又不好，冰天雪地，得把人冻坏。

瞧他这么有经验的样子，应该是有被冻得不轻的经历吧。

可即便如此，冬天的屋子里还是冷的，我们只能让移动暖气片、电热毯、热风机齐上阵。晚上耳朵边总像是有很大的风声，这也没什么，至少也是在一个暖乎乎的地方做梦。

热茶是必不可少的，尤其是在开着那么多取暖设备的屋子里干燥得很。当地人喝传统的奶茶，带一点点咸口，上面漂浮着黄油，我很喜欢喝。

再早以前，村里还是泥路的时候，还有茶馆，现在也见不着了，消失了，大家都搬到更便利的城市做生意去了。

气温还是和以前一样的冷，御寒的方式也五花八门，可是很多保暖的方式，都见不到了。

不变的，只有那白亮得晃眼的茫茫大雪，和穿着最御寒衣服的羊群和马群。

而人类呢，还是哆哆嗦嗦，只能不停地开着暖气，没有暖气根本活不下去。

真是弱呀。

几百年来，他们就是这么生活的

2023 年 12 月 31 日，大家都在西湖边的大街上等着跨年倒数，上万人挤在一条步行街上，一起高喊："五 —— 四 —— 三 —— 二 —— 一 —— 新年快乐！"

指针过了十二点，除了我们又长了一岁，并没有什么不同。这一秒，全球有三位婴儿出生，有一位老人死去。加拉帕戈斯的海浪还在疯狂席卷着渔民的船只，沙漠里的红蝎子在赤脚飞速奔跑；乌斯怀亚开出了破冰船，鲸被发动机的轰鸣声吵醒跃出水面。

杭州还是十五度，遥远的北方依旧是零下四十度。村子里的雪下，那条蚯蚓依旧蜷着，门口有个坏掉的灯泡一直没有等到有人来修。烟囱火热地冒着烟，屋里的两个人因为寒冷紧紧地拥抱在一块。

几百年来，居住在呼伦贝尔的人们都是寒冷和寂寞的。即便有了柏油公路和吃油的汽车，他们依旧在雪地里赶着马拉爬犁。

现代文明仿佛没有让他们的生活发生多大的改变，依旧每日劈柴、生火、煮水、做饭。

这个星球本就没有被设计成适宜居住的样子：超过三分之二的面积都是海洋，冰川、沙漠、赤道上的高热、飓风、海啸、火山喷发……可有这么一群人，生活在遥远的边境地带，小刀和铁器都是自己打的，进山挑选枯死的树把它放倒。

柴火是需要挑选的，林子里的树主要是杨树、桦树、松树这三种，河边也有柳树和水冬瓜。

每年，山林是要"清林"的。植物和人一样也会生病，病入膏肓就枯死了。虫害最吓人，一棵树有了，其他树也会染上，进林子里就能见着许多叶子卷起来，扒开叶子一看，全是虫子，看得人汗毛林立。

林场的人每年都会把枯死、病死的树砍倒，堆在一起。杨树死的最多，白桦树死的就少一些。

杨木是一种不经烧的柴火，放在炉子里没一会儿就烧没了。如果是晚上还要起夜三次去添柴，相比之下桦木就好很多。所以过去，山林茂密的时候都没什么人烧杨木，都选粗粗的桦木来烧。

桦树皮是天然的固体酒精，油性大，只要接触一点小火苗就噼里啪啦地燃了起来，常常用来作为燃火的引子。桦树皮还可以作画，打湿摊平后雕刻或者烫画。北方地区鄂伦春族、鄂温克族、达斡尔族、赫哲族等民族的人们爱用桦皮作画，画的是植物、风景或者狩猎的画面。离着很近的俄罗斯人也画，他们画跳舞的人、套娃，更显异域风情一些。

晚上睡觉前，在炉子里压一块湿一点的桦木桦子，烧得也就慢一些，整晚炉子都是热乎的，也是这个时候我喜欢上了桦木，因为它特别结实扛烧，阿全笑它是"不用起夜的好桦子"。

盖木刻楞房子的时候，屋里头还会用白桦木当墙体的龙骨，再和上大泥，刷上石灰，就把屋子隔成了小间。桦木总是长得笔直笔直的，真是成熟稳重的木头啊。

林子里落叶松是最少的，旁边的村子会多一些。相比人缘好的白桦木，我最喜欢松木，因为松木燃烧起来会沁出松汁，就带着松林的香味。松木还喜欢噼里啪啦响，呼伦贝尔的冬天本就寂静，火星子跳跃起来的声音像是有了生命。

　　只是松木太活泼，无论火炉的洞眼多小，它都会往外蹦火星子，需要人守在火炉边，只适合白天烧。

　　柳树就没人烧了。没桦木的时候，我们会拾一些柳树枝子用来点火。有时候有长得漂亮的柳枝，就拿来劈干净了做衣架、衣杆、门把手之类。

　　所以呼伦贝尔的冬季生活，离不开的就是火炉子。它不仅供着整个屋子的温度，还要负责做饭煮水。现在有很多新木屋没有留炉子，那可是要了命，如果遇到停电，绝对是生活不下去的。

　　刚回来的那几天本想着像一九、二九的时候那样，从院子里拉来木头，用电锯子就能锯开。没想到室外冷到这个份上，光是在柴房前挑选一些方便锯开的木头就已经用尽了所有热量。

　　可没柴火，怎么办？

　　住在不远的陈叔二话不说，就让阿全从自家院子里拉了两车来，让我们对付了第一晚，村里的铁柱知道了，又开车送来了三麻袋桦子。我们一打开，竟是桦木的！多么珍贵的礼物啊！

　　后来六哥又送来了两车，这些木头是他前阵子自兴拆老屋的时候收回来的。我们烧着烧着就会遇到几块尤其好看的老木头，就搁到了墙边，想着以后能用来做点小东西。

　　你们看，木头不是天生为了当柴火的，除了燃烧，它们有时会被砍去保护林子，有时用来装饰家，或者制作大件的椅子、沙发，甚至床。它们还是这里建造房子的材料。

　　我们是被现代生活颠覆的一代。我们离不开手机、电脑、汽车、火车、空调，我们甚至没有办法离开电梯。

可是，在小木屋，人可以回到最原始的状态：粮食和取暖都可以自给自足。

用死木燃烧，让屋子里边暖和；春天种下土豆，夏天森林会馈赠蘑菇，秋天的时候山丁子、稠李子，还有葡萄和野草莓，都是做果酱的好材料。养牛吃牛，一头牛可以吃大半年。养羊吃羊，羊皮子可以做大衣。大羊生小羊，日复一日、年复一年，快乐不会因为远离工业生活而改变或消失，但大地会生出粮食，滋养这片土地上的人们。

不再发愁下一顿吃什么，吃什么都是大自然的礼物。

几百年来，人就是这么生活的。

全呼伦贝尔最可爱的马儿长睫毛

离2023年还有两天的时候，我拥有了人生中的第一匹马。

看马的机缘也很奇妙：前一天我在村东边发现了一匹奶牛纹的花斑马，今儿个就找了当地做骑行的小黑哥帮我掌掌眼。

小黑哥绕着马转了一圈："老蒙古马，年纪大，不好驯。"

这十个字仿佛一盆冰水迎面泼来，我的情马，就好像一个越来越小的失焦光斑迅速离我远去。

"难过啥，和我去整理马圈去，可累人了，整完你就不想养了。"

"不信。"

我这个人，天生反骨。

小时候爸妈不在身边，从小学就知道了逃课，会捞出妈妈的漂亮衣服穿上，会在华灯初上人群拥挤的夜市装作热情人类的一员。初中的时候喜欢上学长，被老师指着鼻子说"可耻"，但我暗地里做了一套又一套的卷子，只为离开这个讨厌的学校……从高中到大学，数不完丢脸又热血的事。

总之不让干的事情，我总是特别起劲儿。

跟着小黑哥看了三个马圈，两三百匹马，只有一匹往跟前凑，甚至拿鼻子蹭我的胳膊，而我抱着它的脖子它都丝毫不介意。

长睫毛，就这样脱颖而出了。

可它不是幸福的马儿。

晚上上门转账的时候聊天，才知道长睫毛虽然在恩和出生，可加上我，已经换了四任主人。

长睫毛原名黄三河，一直被第一位主人养着，身上烫了 SH 的烙印。后来有位山东的女孩看上了它，把它买了去，可她却再也没有回来，于是它就转手到了小黑哥这里。

都说成年马具有三岁小孩的智商，它被抛弃了那么多次，却仍是马群里最黏人的马儿。无数次失望后仍然坚定地相信人类，这样的马值得成为我们的家人。

而小黑哥是不愿卖它的。他驯了三年，它有方向感，又稳重。用他的话来说："抱着大腿都不会踢你。"他指望着长睫毛夏天给他多挣点儿，毕竟两百匹马里能驯乖到能驮人的，不到五十匹。

小黑哥、他媳妇儿玲玲姐、我、阿全，还有花椒，沉默着坐在一张桌子上，竟然有种两方家长聊嫁女儿似的气氛。

但是却没谈拢：对方不舍，我们失望。

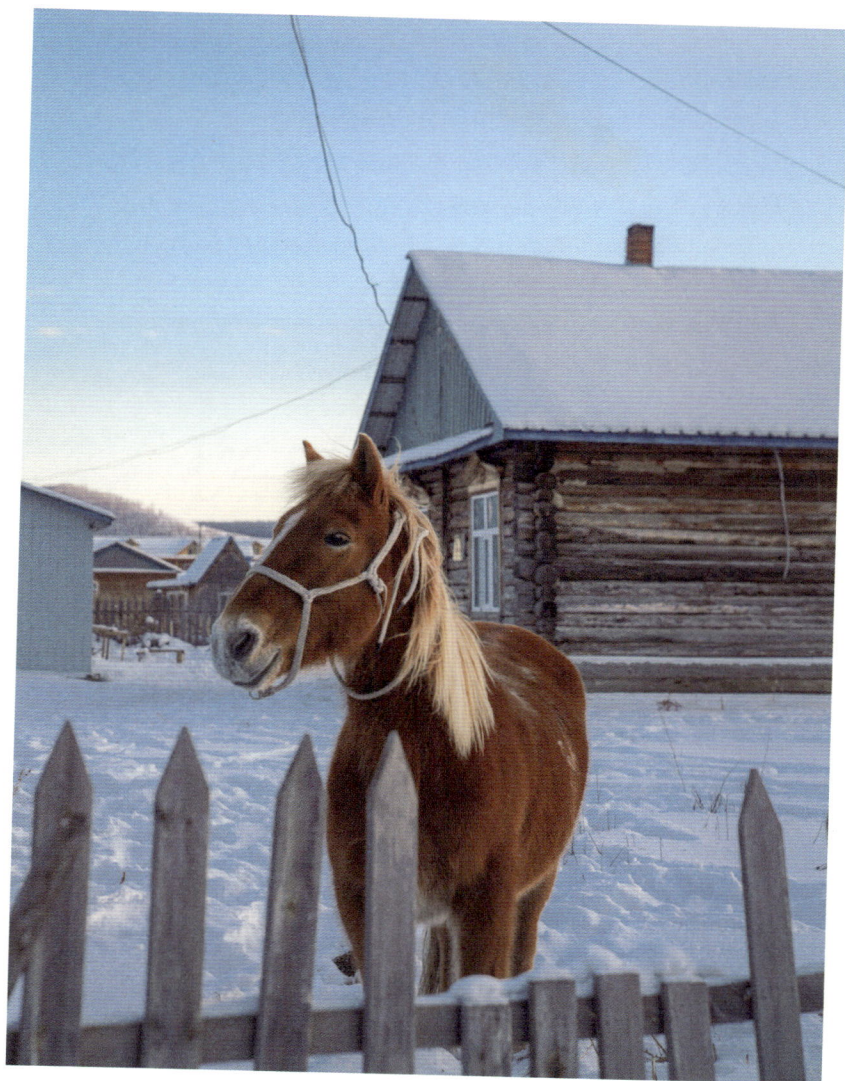

昏暗的灯光下，我望向阿全，用眼神示意："怎么办？"

阿全手里捏着一根细牙签，折了很多遍，开口道："如果它是我们的第一匹马，我们是不会再转手的，哪怕它驮不动，也会给它养老。旺季的时候我们不一定在这，我们不在的日子，长睫毛还得麻烦你照顾。所以有客人的话你就让它工作，不要让它太累就好。"

言毕，我补充了句："我是真心喜欢它的。"

我在旁边偷偷想：更像是谈亲事了。

小黑哥和玲玲姐沉默许久，两个人上了厨房小声窃语了一会。

"行吧。"小黑哥终于松口。

天知道我那时候是松了多大一口气，就像心里闷着的屈笼一下子被打开，脸上也有了笑容，甚至眼眶都有些发热。

牵回了马，因为草垛还没到，我指着院子里的杂草问小黑哥："这些能吃吗？"

"能啊，怎么不能。"他咧开嘴说道。

放开缰绳，长睫毛开启了除草模式，没一会儿就吃了一片。花椒在旁边说："应该是换了新口味，它爱吃极了。"

回家路上我就一直傻乐。

阿全看了我好几眼，忍不住笑道："傻子！"

他经常笑我是"傻子"，因为我干什么事都不考虑得失，不权衡利弊，只想当下，只为梦想而活。

当大家盘点年度总结都干了些什么的时候，我回头一想，自己太傻了，干了一堆无用的事：冲浪还是只会抓白花浪[1]；登山又错失了7000米的慕士塔格峰[2]；准备作品集，又因为太忙只完成了一个半系列；买了小木屋，却因为太冷无法动工装修。

可是朋友们，我们就是平凡人，往后十年、二十年的事情怎么可能规划得那么好呢?

　　以前有朋友和我说,活着呀,就是来人世间遭罪的,全部的罪遭一轮,才能凸显剩下的美妙。

　　无法预测未来,只愿活好今天。

　　我们的生活需要很多傻里傻气的时刻,笑、哭、气、闷、愤,一切的情感都可以流于表面,都不用藏着掖着,不需要活得太过精细。

　　因为,接下去的日子,我们只活我们自己。

　　"草地上,开满鲜花,可牛群来到这里发现的只是饲料。"

　　我不愿做羊群,也不愿做牛群。

　　我们是活生生的、自由的、浪漫的、疯狂的,人类。

1　白花浪是指较小的靠近沙滩的带着白色浪花的浪,这类浪比较好抓,也比较安全,适合初学者。——编辑注
2　慕士塔格峰位于新疆维吾尔自治区西南部,海拔7546米,是世界上最高的能滑雪的山。——编辑注

种一棵树最好的时间是十年前

2023 年，我们在仓库门前种下一棵小小的圣诞树。这棵树在仓库和主屋的过道之间，透过窗户就能看见它缓慢生长。

还有两棵，一棵在两个院子相邻的西南面，正好遮挡了斜对面的大招牌；另一棵在我的书屋旁边。

云杉们啊，你们要快快长大，长到像河边美国老头儿的房子旁边的那一棵那样，那么高、那么昂扬，一百年不会倒下。

买下这个木屋的时候，四角就种着树。靠近主屋这边的是一棵稠李子树，因为年岁长了，冬天山雀们特别喜欢停在上面。那胖胖的炸毛的麻雀呀，圆滚滚、叽叽喳喳，每次我们开门的时候，它们都会被惊着一起飞走，可下次开门，发现它们又回到了稠李子树上，排排缩着脑袋。

远一点的边界种的是山丁子树。这两棵长势特别"凶猛"，明明是细杆的树，却长到了脚脖子粗细，成了小片茂密的树林子。原来大家都用这些树来当边界。在村民的梦里，是否会有树孩子们一夜长大的梦？然后拿起铁锹和叉子，雄赳赳地将地界更拓开些。

刚来的时候，我就怂恿阿全在边界处种下一排树。最好就是松树，松针落满地，还有松果，能吸引野松鼠来。但他一直不同意，一是种上树就看不见远山了，推推就就不肯。第二个原因我认为才是主要原因：种树太麻烦！

一个深坑得挖一下午，选树、挖树、栽树，哪个环节都费时费力。

"又不让你一口气种，"我抱着胳膊，有些赌气，"你可以几天种一棵，种三年，慢慢来。还记得 Fito 不？他的房子，可是提早了十年开始种树的。"

Fito 是我们以前去墨西哥坎昆时住的房子的主人。2015 年的夏天，我们站在加勒比海边的机场，炙热扑面而来，却远远地听到一阵发动机的声音，一个老头开着破旧的奔驰车来了，他穿着有破洞的白色老汉背心和人字拖，精瘦的面孔上戴着墨镜。他跟我们打招呼："Hi！"

他带着我们开过公路，开过海边，车子里没有冷气，疯狂的热浪拷打着我们的脖子和头发。直到一个小路口，他突然打方向盘转了进去。

这条小路边没有其他房屋，只有半人高的野草和仅有的两条车轱辘印，我偷偷抓住了阿全的手，用眼神示意："不会有问题吧？"

阿全无奈地笑，拍了拍我的手表示安抚。

开了约莫十几分钟，车子的摇晃终于停下，一下车竟然是一座用马赛克贴出的宫殿。大门两边的围墙是彩色的蛇吐着信子，整个房子就生长在一片荒野树林中，格外张扬。

Fito 是位老船长，他告诉我们，二十年前他还是一位海员，穿越加勒比海，经过这个小镇就喜欢上了这里的惬意。那时候海边还没有高档酒店，机场也仅仅是一条跑道。他用两百美元买下这一块地，种下了小树苗。之后多年，每当航行经过的时候，他都会在这个地方种点东西。

等树大了，他开始根据树本身的形状建造房子、挖泳池。直到我见到房子的这一年，他仍旧在建造树屋、金字塔和凉亭。

当晚洗漱的时候，马桶里躺着一只彩色的树蛙，在我的尖叫声中Fito拿着网兜抓走了它，用力抛向了黑夜里的森林。

夜半，音乐声仍旧从楼下传来。我听着蝉鸣进入梦乡，不知道Fito睡在了吊床还是树屋上。那一夜，我做了一个奇妙的梦：加勒比海岸在不远处闪烁着细碎的光，光怪陆离的马赛克贴画趁着所有人睡着，悄悄离开了圆柱，飘浮在空中。

大概从那时候起，我就有一个念头：理想的住所可以依树而建，可以在森林中拔地而起，可以先种下树苗，但一定是依托理想而建，和自然和谐共处的房子。

我梦想的小房子可以在海边，背靠着雪山，有着红色屋顶、白色墙面的小小房子。

后来有一次翻看全球民宿的时候，突然翻到了阿拉斯加的木屋，有尖尖顶的，有建在大树上的。还有一间是红色的，在原始森林中，独立的一间小木屋。

我兴奋地抱着电脑指着屏幕："阿全！阿全！我想去住这个房子！"

我总是喜欢做梦，阿全习惯圆我的梦，于是真正站在这个房子前，一切都那么理所应当。

这座木屋的厕所在距离它二十多米的地方，是户外雪地里的一个网纱小房间。房东叮嘱，一定一定，一定一定要记得把纸巾放到这个饼干罐子里，再把盖子盖好。

"为什么？"

"我就知道你这么问，"她开心地做了个鬼脸，"森林里的松鼠特别喜欢玩纸巾，我有一次看到案发现场，纸巾都快丢到天上去了！到处都是！"

她还交代垃圾桶不能太满，否则黑熊很乐意来敲门觅食。

房间里的床显得很大，女主人说，这个床是在门外面做的，等做完了才发现搬不进去了，只好拆了在卧室里重新组装。哈哈！

有一天傍晚，森林深处传来一种悠扬又厚重的声音，像远古的钟声被敲响，一声又一声。

不多久，窗户上出现了一只庞然大物，黑棕色的身体像一辆小汽车，它的角像疯狂生长的树枝，像马，又像鹿。

我和阿全愣住了，甚至忘了拍照，就傻傻地看着它慢慢走远。它只是闲逛路过了而已，惊住了我们这两个森林的访客。

后来我们才知道，这是驼鹿。几乎每个早上都能听到驼鹿的叫声。驼鹿体形巨大，重达几百公斤，它们的叫声仿佛从西伯利亚寒冷的森林中传来，深远悠长。

在冰岛的时候也住过一个海边的木屋，它被放置在了高高的悬崖边。

木屋很简单，但有一扇面朝大海的大大窗户，连同阳台的门也做成了玻璃的，餐桌被放置在了窗户边。远远还能看到几匹马和小如玩具的灯塔。

"去灯塔看看吧，多美啊。"

停下车，把相机支好，向灯塔走去。白色的圆柱形建筑上方是红色飘带。你们见过灯塔顶端的灯吗？非常巨大，玻璃透明的结构是圆饼形的，为的是让灯光照出去更圆。几乎每个灯塔里的灯都不太一样。

我还在想着是否能登上塔顶，毕竟这里荒无人烟，可以偷偷摸摸地去看看。没想到草地上的马儿是尽职的守卫，发现我们靠近，就直直地冲过来。我们连忙往旁边扑，它却冲到了相机前把镜头咬坏了。

"先回去吧。"阿全护着我和相机往回走。可我看着满是口水和裂痕的相机止不住地哭了。

回到木屋，大概是怀着孕，哭着哭着体力不支就睡着了。

半夜被外面嘈杂的声音惊醒，我拉开窗想看看是怎么回事，惊呆了。

是极光。

推醒阿全，我们穿着睡衣、套上外套就跑出了门。手机也没提醒我们会极光大爆发，可它就真实地发生在我们面前，在这个悬崖海边。

肉眼可见的绿色的欧若拉飘带，边缘点缀着紫色，它裹挟着冷风飘扬在空中，像是绸缎一样扭动。飘带从绿色变成紫色，再变成白色，似乎会发出清脆的叮咚声。它从城市上空而来，慢慢地飘到海面与地平线交接处的黑暗中去了。

在旧金山还住过一个帐篷，大约是傍晚的时候到达。这个城市本就是一个大坡地，远处是海洋，帐篷在城市边缘一个山坡上，晴朗的时候能一眼望到海边。

帐篷里是柔软的地毯和极其老旧的钢琴，还有一张绿色丝绒沙发，墙上的老相框里挂着世界各地的风景，破旧又美妙。

我们坐在露台上看远处的海岸线，内心平静，被无限的安宁填满。

那时候就想，原来家可以不用很大，甚至可以不是房子。柔软的床无论在哪儿，睡在上面做的梦都是柔软的。

我们还在沙漠住过。在摩洛哥住的豪华帐篷不算在真正的沙漠腹地。在金色之城杰伊瑟尔梅尔的边缘，距离巴基斯坦约一百公里的地方，塔尔沙漠环绕。摆上简易铁床，风声呼呼，只能用头巾包裹住整个脸以防沙子进入耳孔、眼鼻。

夕阳停留在天上的时候还是温暖的，当它落了个干净，浑身都是凉的，沙漠的缝隙里有无数的凉风钻进毛孔。

没多久星星就出来了。那些冷漠枯燥的沙丘，原本一副灰扑扑的样子，可是突然蹦出来的满天繁星，竟把沙丘上的一粒粒沙子照得如同一把碎银。风轻轻一吹，银子带着亮光蹦跳而去，好像整个沙漠变得神秘；远方有吉卜赛人浅声吟唱，唱着跳着，带起裙角的铃铛声，飘去了没有人的地方。

在印度的时候还被恒河边的小孩带去过他家。穿过一整个人们席地而坐的菜市场，干黄泥地上，牛粪和牛都大咧咧地站着。小孩七拐八拐，领我们走进河边一座蓝色的泥房，上了顶楼。一路上这个家的爸爸妈妈、舅舅舅妈，还有他们各自的孩子，都像第一次见生人似的打量我们。

畅通无阻地进入房间后，墙壁三面各一扇小窗，有个两米见方的立方体，不知是怎么被搬进屋的。房子中间有个洞，可以看到每一层的人们在干什么。

好在有扇窗户直面着恒河，床也算干净。这样的房间六十元人民币一晚上。

可当晚阿全就发起了高烧，呕吐不止。我跑下楼在露天菜场买了土豆、鸡蛋和番茄，借了一楼的厨房。这家的妈妈一直在给我递各种香料，我摆了摆手全都不要，只加了盐，清炒。

整栋楼的人都通过中间圆洞探出脑袋，想知道我炒的到底是什么食物，竟然不需要香料。小孩子也偷偷探头，嘻嘻哈哈地说着话。

我有些不好意思，却尽量立起身子让自己显得像一位东方大厨。

好不容易承着他们的目光端上楼，每一步都仿佛踏在心尖上。终于关上门抵在门口，我长长地吐了一口气。阿全爬起来："你怎么了？看上去好紧张。"

"所有人都在看我做饭。"我解释，并端到床前坐下一口一口地喂给阿全，等全部吃完，他躺下睡了一觉。

下午突然下起了暴雨，巨大的空调像是一个方盒子怪兽发出呜呜呜的声音。不知过了多久，河边响起梵音，阳光破空而出，灰色的恒河水上方出现了巨大的彩虹。

我和阿全都起了身，透过蓝色的窗框看向河边：朝圣者迎着金色的日光在河中沐浴，披着代表火焰的橘黄色衣服的苦行僧在唱着梵音。

我愣愣地意识到阿全好像痊愈了，就用手捂着他的脸，"你感觉怎么样？"

"好多了，烧好像退了，应该是你做的菜的功劳。"

你们看，我住过的这些房子，不管是舒适的还是艰苦的，无不提醒我：人类其实不需要多么华丽的住所。

无论是海边没有什么家具的木屋，还是简陋到只有一张床的民宅，房子与人的关系应该是相互装扮，相互改进的。恒河边，房子的圆洞将整栋楼贯穿起来，谁又会觉得这样的房子是不合理的呢？

就和恋爱一样，并不是一见钟情就会相伴到老，人与房子的关系也要慢慢磨合、调整。

现在居住的木屋也是，它并不豪华，和我理想中的小木屋比起来，它没有红色屋顶，没有面朝大海，甚至没有厕所和厨房。可是它却向我展开了拥抱，把我包裹在其中。

想一点点去修整它，漏的补，破的修，还想把它装扮得更漂亮，想要在墙壁上画上漂亮的画。

"种一棵树最好的时间是十年前，其次是现在。"

我可以等仓库门前的云杉长大，长到屋顶那么高，圣诞的时候，甚至需要搬来三米的三脚梯。

羊毛地毯变得破旧，但每年下雪的时候都会在雪地里仔细清洗，缝补破掉的地方。

想和它一起随着年岁一点点长大，开垦土地，就算花朵每一年都会冻死，我还会继续寻找耐寒的花朵种子。会拔掉春天疯狂生长的蒿草，种上漂亮的草坪。还想在院子里盖一个鸟房，需要爬着梯子上去的那种。它可以成为孩子们的小小树屋，也可以是未来看日落与写作的地方。

一切细节从模糊到具体，就像拍立得的显影照片，慢慢变成了想要的样子，这才是我期待的家，自然里的家。

明年秋天，我想在院子里种上三棵树莓树，然后春天，就能在院子里摘果子了呀。

时间的尺子

2024 年第一次回呼伦贝尔，机场外站着一脸笑盈盈的娜佳阿姨和沉默精瘦的陈叔。

我跳起来一把抱了上去，"怎么是你们来接！"

"没让陈晨说，就想给你们一个惊喜。"

"现在是三九，三九四九冰上走，是最冷的时候。"陈叔说。

"什么叫三九？"

"我们这儿从冬至开始数九，从一数到九，到九九就不冷啦，春天来啦。"说完他挠挠头，陈叔挠头的样子特别可爱，像是小猴儿来回摸脑袋瓜。

九，在他们的传统里，是一个"阳数"，冬至后白天就慢慢变长，随着九个九数完，一整个冬天也褪尽而去。

在零下四十多度的呼伦贝尔，在没有自来水、没有供暖的草原上，冬季是掰着手指头过去的，日子一天天的，就算得特别清楚。每天看着落日，再看看闹钟上的指针：今天日子的时间，比昨天又长了一点啊。

夜晚变短，日子就有盼头了：这个冬季能靠着数九过完，所有寒冷都能有尽头，人也有了期待。

除了数数，刷墙也是他们计时的方式，一年至少刷三次：春节前一次，巴斯克节一次，秋天入冬前一次。

"不能用乳胶漆吗？"不幸的是，城里人的脑袋里，只装了这些城市的东西。

"当然不能！"娜佳阿姨身子往后一倾，瞪大了眼睛，"这些东西都有毒！火墙在我们这儿是屋子里最最重要的东西，可不能瞎弄。"

火墙子，我也是来了北方之后才见过。一面三十七公分厚的砖瓦墙，里面来回走一个回字，连通着炉子。

炉子一般都用砖砌，泥巴糊一层，再用石灰涂上几层，家里头取暖、烧水、做饭，全离不开。现在生活好了，大家都买了焊的炉子，各式各样的都有。可我们家还是用着老炉子生火，只烧柴火就能让整个屋子热乎起来。

所以呀，火墙就是家的象征。

听村里人说，在他们妈妈那一代，还会在炉子旁边放一个小桶，里面放着一把"刷房草"，每次烧菜都会刷一遍，这样就可以保持着炉子的干净整洁。

"每顿？！"我惊呼出声，"那多麻烦！"

"其实就和城市里做完菜擦灶台是一样的，不过我们用的是石灰。时间久了皮厚了，就会往里添洗衣粉啊，牛奶啊，盐啊，才能把石灰挂住。"

我生活的村子，当地人是传统的俄罗斯族，时间观念极强。

比如约好傍晚六点吃饭，六点零一就会有电话打来，"饭都做好啦，来了吗？"

如果不按时赴宴，饭菜冷了，主人会念叨一整顿饭，"要是刚出锅就好啦！那口感完全不一样！""我瞅着六点了人咋还没来呢？""我还寻思呢，咋回事呢，是不是摔着了还是车坏了发动不起来咯？"

毕竟这片安详的雪地，是有非常多的危险的。

因为村子里几乎没有年轻人，老人家有时候摔着了，半天没有人经过，可是会冻到截肢的。一开始我以为是夸张，直到见到一位村民，因为喝多了酒在雪地里睡着了，两只手全部光溜溜的，像火柴棍一样。

所以在呼伦贝尔边境的冬季生活，要是和人约好了，都要提前十五分钟出门。大雪天里走路慢，走到的时候都是掐着点的。慢慢地，这样的习惯也延续到了城市的生活中，虽然在城市里迟到不像在呼伦贝尔那样担心，可是准时不是我们应该做的吗？

不仅是吃饭，蹲坑的时间也要控制好。

在这里，因为水经常会冻上，所以都要用开水烫开井才能用。如果像城市里那样一坐就是大半小时，整个人也会冻得头昏脑胀，得回屋子暖和上好一会儿。

每次一回到雪原就放松下来了。和热带的海岛不同，寒带的放松是那种很平静的松弛感。

雪总是安静的，不像雨水那么吵闹。这里的时间总是让你分辨不清，常常吃完午饭，就发现太阳已经落到了半空。太阳总是这么忙，赶着下山，早点下班，可是看表才十一点，心里大松一口气，不然这一整天都没做成什么事儿嘛！

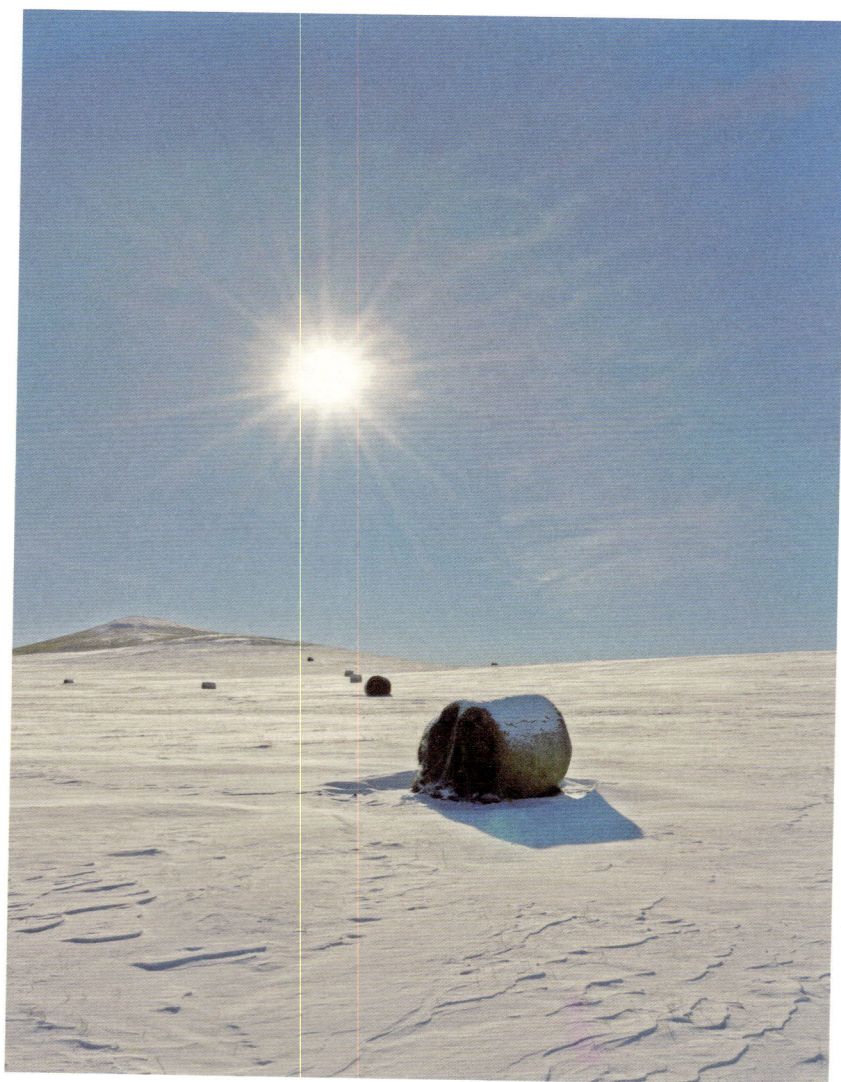

流浪小木屋

有时候这里的时间又很慢。去最近的城市额尔古纳需要一个小时，去海拉尔需要三个小时。

"这对我们来说不算什么。"当地人总这么说。甚至好多人，在村里上班，晚上又回到额尔古纳的家中睡觉。这里的寒冷太麻烦了，不仅要烧炉子，还要劈柴，看着水。

如果我在这里土生土长，也会期待城市吧。

内蒙古人还很喜欢去哈尔滨，从海拉尔过去，坐一晚上卧铺就到了。

逛逛街玩一玩，同样是冷，因为哈尔滨没有那么偏远，感觉更新鲜一些。

冬季严寒，所有的冷意被消磨在了火炉里，微妙地保持着平衡。

门的两面对着两个世界，这边极寒，屋里又热得需要脱成短袖，整个冬季感官都在不断地摇摆。

因为冷，所以更珍惜时间，尤其是家里有小孩儿的日子。

冬季城市里湿滑脏污，就想起了村里的老房子来。老人的时间总是很长，远远地就期待着寒假的到来，期待着那些曾经因为老房子没有供暖而觉得假期无聊的子女和孙辈们回家团聚。老人总是日日期盼着他来，来了，就能付出所有的时间。

从杭州来到小木屋，也是极其漫长的一个过程：

早上三点从家里出发，十二点半下飞机，接着吃完饭，再坐上车，晚上七点才能到小木屋，零零碎碎加起来十五六个小时的路程。

所以来接一趟人，陈叔五点不到就得起来暖车子，来回要六七个小时。

"这有啥。"他们总说。

我想，城市里的时间总是很金贵的样子：去菜市场走路十分钟，去医院开车十五分钟，接送孩子二十五分钟，去机场四十五分钟，去城市边缘露营两个小时。

可是付出到这片荒原里来，时间好似不是需要计算到分的事。它是一种很缓慢、悠长的步调，一个小时行，两个小时也行，十个小时也行，走得慢也不会被催促。毕竟车在结冰的路面上也根本开不快，所有的车子像是腿脚不便的老嬷嬷，赶不得，催不得，只能铆足了性子等着。

我们泡在冰雪的时间里，也似乎忘了看表，指望着太阳的位置过活。

"哎，到时候我去送你啊"或者"今天中午涮锅子，十二点开始怎么样"。时间被交换成了一种被信任的快乐，在人一生仅有的三万多天里，这种心情像水波一样一点点扩大，最后掀起了一股海浪。

冬季里
过分无聊的
日子

呼伦贝尔到了晚上，可真的很冷啊，比白天要冷上很多，一天之内十几度的温差是经常的事。

三点半到四点太阳就落山，天边被染上了一层淡淡的粉红。可这少女的粉一点点剥离掉空气里的温度，变成离人的紫，映衬着屋顶的雪白，像是莫奈的画《早晨的塞纳河》，蓝紫裹着树绿，再带了一点太阳的余温。

小时候画画，总是在想那些有名的油画颜色一定是想象的，世界上哪有粉色橙色蓝色紫色那么多姿多彩的天空啊。长大后才发现其实是我们见过的太少，却用自己短浅的目光去衡量着一切。

我们常会趁着太阳还没下山的时候去取快递。从家到邮局，先步行穿越过陈叔家，再往前约莫五百米就到了。仅这十几分钟的路程，在穿戴齐全的情况下也会冻得眼鼻通红。

"真冷啊。"我推开邮局的门跺了跺脚，把鞋印里的雪留在了地毯上。

"那可不，今天有四十三（第三声）度呢。"

到七八点的时候，感觉黑夜已经来临了很久很久，窗外已经黑透了，月亮缓缓升起，气温更低了一些。

这寒冷又漫长的夜晚能干什么呢？

我们通常八九点就睡了，阿全灯光设计得尽量昏暗，最大程度地贴近自然，日出日落，感受壁炉微光带来的原始气息。早上醒的时候还没有天亮，就会开了灯在床上看一会儿书。

最近的晚上都会去邻居家吃饭，不是陈叔家，就是王哥家，或者军哥家、老白家、小黑哥家、铁柱家。但是——

唯一不好的是他们一定要接我们去。晚上多冷啊，虽然大家都有车，可这个天气下，可能一转眼就发动不起来了。

一月这次回来，村里的朋友就不让我们租车，因为在冬天，车子如果没有暖库几乎都打不着。腊八这天，陈叔要去额尔古纳吃朋友孙子的满月酒，打算九点出发，七点开始就烘车子。烧掉了三条暖气片线，他就修了三条线，两个小时过去了还是打不着。一直热车热到了十一点，实在打不着，索性就不去了。

北方的饭桌上少不了酒，这里更是，冬季大家好喝酒，宴请客人时喝，自己一家人吃饭也喝。

我特别喜欢和陈叔吃饭的时候喝一点。

"就一杯。"他总说。

就二两白酒，谁也不劝酒，喝舒服了就行。

有些场合的酒桌上总是白酒啤酒红酒喝个不停，人们摔酒杯，大声说着糊里糊涂的话，动静极大。那样的场合我也会喝一点，但总是自己倒自己喝，低着头不劝酒，也不去祝酒。

朋友老白就说："你们俩这是入乡不随俗。"

也有村民说过，村里不需要那么客气，大家都是互相麻烦的，才有了交往。可是保持着自己的步调很好啊，不过分追求融入，也不讨好任何人，这就是我们一直坚持的生活方式。为什么要让别人决定我怎么活呢？不管是谁，任何活法不应该是由自己决定的吗？我们脱离城市而来到了小木屋，却为了融入当地而舍掉了本有的宁静和松弛，那就不是我们啦。

见过的越多，害怕的越少，没有人需要你一定改变。

然后，喝了酒的夜里，可以躺在床上看星星。

半梦半醒间，哈乌尔河似乎慢慢地走了过来，偷偷来到了窗下。喝醉的柳芭也觉得河面上的星空太美吗？不然她怎么会投身了下去？[1]

当然也可以出门看啦，只是零下四十五度的室外，呼吸一口都觉得扎喉咙，穿着两条裤子还是觉得双腿发凉。那就看一会儿吧，反正每次晚上去上厕所都是踩着星空去的。

星星真的很漂亮，我觉得比月亮还漂亮一点儿。

月亮总是那么显眼，不管是月圆大个儿的时候，还是小小的月牙，都是能被一眼看见的。她清冷又骄傲，身边又围着一群小人儿。

而星星呢，平常能看见的通常是一扎堆，我喜欢找夜空里经常并排的那三颗，那是猎户座的肚脐眼儿连接着腰带。最好笑的数参宿四星，在猎户举起刀剑的胳肢窝那块儿。

这三颗星星，只要是天晴的时候，几乎都能看见，随着夜晚的流动从东到西地环绕。我还喜欢这些好认的星星：月亮左侧最亮的那一颗通常是木星，大水瓢是北斗七星，还有每次最显眼的北极星。

我认识的星星不多，加上刚刚猎户座的三颗星，大概就是认识的

所有星星了。但每个晚上依旧会因为看到这些钻石一样的亮光而感到欣喜异常。

　　你们能想象吗？教科书里的图画上那些穿着飘带的星球真实地出现在每一天的头顶上。因为村里没路灯，白雪映衬着黑夜，星星在炊烟中闪着光，是多美好的画面啊。

　　不过在冬天的木屋中睡觉总是不安稳的。

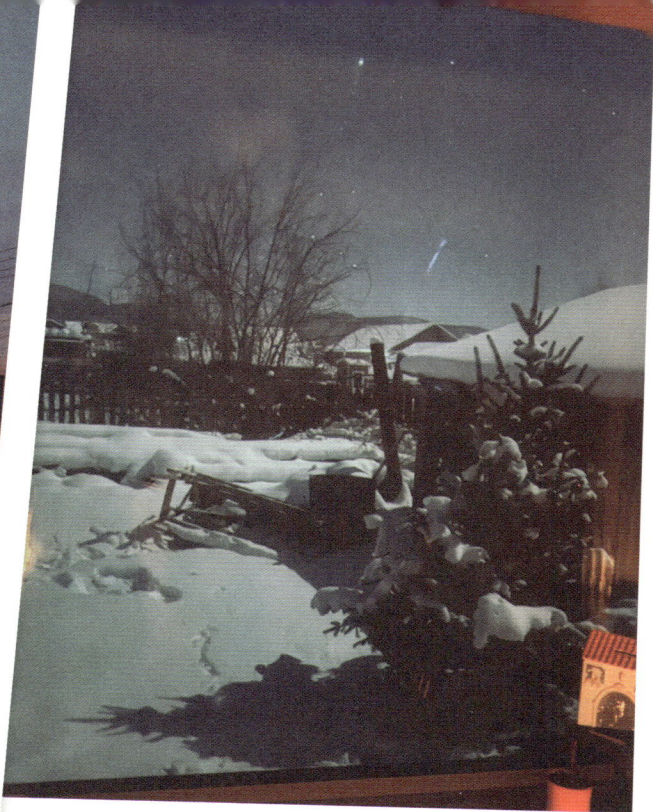

一是等柴烧完，火墙慢慢冷透了之后，室内的温度也随之掉了下来。哪怕有电热毯和电暖器，睡着睡着也会觉得脸盘子冷。而开了电热毯的缘故，身上又是热的，所以床边总放着水。可喝了水就想要上厕所，上厕所就要出屋，在零下四十度的雪里走一两百米……如此循环，一晚上总是要起来好几次。

好在从外头带着寒气回来，睡梦中的爱人也会转过来拥抱你，帮你一点点搂住了被窝里的温暖，掸掉了那些大自然的寒气。

以前常住南方的时候就期待着这一幕：外面下着大雪，而我们在温暖的木屋内，没有什么太多的电子产品，只是面对着壁炉里的漂亮火焰，在沙发中拥抱。

所以你问我，呼伦贝尔冬季的晚上，零下几十度的天气能做什么？

可以吃一顿热腾腾的晚饭，一般是带着汤水的；可以与朋友们举杯，然后回家的路上，戴着帽子手套，边嘎吱嘎吱踩着雪边认着星座；可以拿烤箱烤着明日的饼干，可以为晚上住的房子点上柴火，可以在壁炉火焰前听着燃烧的声音并写上这样一个个的字。

我喜欢这个小村子的冬天，它总是很冷，却因为冷，夜空更加明亮，炉子烧得更旺，炊烟飘散到远方。

"九点啦，快去睡吧。"阿全总在壁炉前对我说。

"再等一会儿。"

这样的火焰，这样的夜晚，让我对冬夜有了留恋和期待。

1　这里说的"柳芭"应是鄂温克族的女画家柳芭，她的故事启发迟子建创作了获得茅盾文学奖的小说《额尔古纳河右岸》。柳芭本人于2003年不幸在家乡的河中溺水身亡，年仅42岁。——编辑注

从酒到茶

早上起床，可能是因为卧室密闭，多少有些缺氧，头还有些疼。

因为木屋一直烧木柴，加上北方的气候使然，这里的空气格外干燥。喉咙里一直发热，带着轻微的刺痛。拿出茶包，倒上热水，正好阿全端着杯子也向餐桌走来。

"这么巧，"他说，"你也喝茶啊。"

本想回一句"难道要喝酒？"却想起之前很长一段时间，我都是这么过的——

早起一杯酒。

不是坐在壁炉前慢慢品一杯葡萄酒，就是刷完牙直接喝几口，无聊的时候也喝。回到城市里，酒精成了先让紧绷的身体放松的媒介，开启了所谓"快乐"的开关再开始工作，甚至有时候在开始紧张的工作前都会先开一瓶啤酒。

酒是我曾经的好朋友。

2019 年的夏天，我遭受了经济上的巨大落差，这个落差带给我一股强劲的失落感。在这个时候，这种恍然让我迷上了酒精。它有各种迷人的样子，淡黄色、玫瑰似的酒红、白色透明的，盛在各种杯子里打扮起来，呈现出不同的风情。家里的杯子越堆越多，甚至开始像给小狗选衣服一样，一直寻找适合那个酒的杯子。

据说人类在喝酒的时候会产生类似于恋爱的多巴胺，让你感到快乐和轻松，只是它只能维持四小时。我心想：那一天喝六次不就能全天都感到快乐？

这样想着，于是从那时起，开始一直喝。

身体渐渐麻木，酒似乎变成了有味道的饮料。

2024 年 1 月，有香港的朋友来玩，于是我请了六位好友凑了一大桌，带了两箱红酒。大家都是爱喝酒的人，在酒精美妙的催化下气氛很好。直到坐在身边的江江喝多了一些，她在桌子底下牵我的手，我却感觉她大笑的面容之下有着强烈的悲伤。

原来，喝酒不仅仅催化了人的快乐，还把其他情绪一起拉扯到了面前。

在那一天，我突然意识到这样的快乐来得太过容易。

我相信大家都有这样的体验：通过持续学习，获得某种过关的成就，这种快乐持续的时间特别长，有时候是三天，有时候是一个月，甚至有时候长达半年。

这种由持续的兴趣和获得的成就感所带来的快乐，是内啡肽的作用。

因为喜欢登山，每一年我都会选一座更高的雪山去攀登。攀登雪山的过程，少则十七天，多则四十八天。而在漫长的一个多月里，我们只干一件事：不停地攀登和训练。

雪山上条件艰苦，没什么好吃的，在氧气稀薄的环境中，每天要在 60° 的斜坡上持续负重十二公里；晚上睡觉时，因为高原反应头疼欲裂，但又太过疲惫，就一直在痛苦和睡梦的旋涡里挣扎，睡睡醒醒一直反复。

可即便如此，登顶的快乐是无可比拟、无法复制的。

每个人都沉迷于登自己的山。雪山孤寂、危险，在长期不断的抬腿、用力、上升的过程中，思考存在对我们的意义。那是登山经验的累积，是去往下一座雪山的通行证，是一次又一次挑战新高度的证明。

这个过程类似于打怪升级。然而，游戏中的胜负往往是瞬间决定的，与游戏相比，登山的输赢需要时间的沉淀和身心的投入，是一场与自我和自然的长期较量。

所以，你们看，酒精并不能带来真正的快乐。

在你真正需要的时候，有时候，普普通通的水也能带来快乐。在木屋午夜多少个热醒和渴醒的时刻，是水带给我满足和快乐。

它能滑入温热的食道，流入胃里，安抚人入眠，让人好像吃了特别丰盛美妙的一顿小食。

可它只是水啊。

不是琼浆玉露，不是沙漠甘霖，它只是普普通通，烧开的，水。

在这个木屋里，水尤其重要。除了用来喝的，每天使用的水也需要从隔壁家的井里打过来再用爬犁拖回家。冬季的爬犁大都是用铁自己焊的，在雪地上尤其滑溜。不过我们的爬犁是借的，运完水还需要还回去。因此，在正式去拖水之前，一来二去就要花半个小时的时间。

零下四十多度，再好的水井也会冻上。要用水就要拿开水灌进去，严寒的时候谁都不愿意干这些麻烦事，所以有一户人家烫开了井，大家都会争相去打水。

因为水来之不易，平时洗漱的时候也尤其节省：

洗脸的时候，先在脸盆里倒一层薄薄的烫水，等它温度降一些。因为室内冷，如果加入凉水，水一会儿就会冷。用洗脸巾蘸了水往脸上、耳后、脖子上擦，没一会儿就又需要加水了。挤上洗面奶打上泡沫，就可以洗得干干净净。

前阵子去隔壁王哥家蹭饭，刚撸上袖子准备洗干净手好吃饭，三嫂就高喊了起来："可不能那么洗！底下水管冻啦！"

我低头一看，水槽下面放了一个塑料水桶。

"那怎么办？"

"只能来年五月份雪化了重整。"

来年五月，这还有整整四个多月。你们看，哪怕是现代装好热水的屋子也会缺水，我们只能小心地使用着。

在这里，"珍惜水资源"并不是一句口号，而是每天要记在脑子里，深刻记住，并反复念三遍的事情。

洗漱完，将水倒回圣诞树下挖的圆洞里。

泡一杯茶，坐在壁炉前看书。不需要什么跌宕起伏的享受，就这样看着火焰，情绪就能飘到窗台外，和烟囱冒出的白烟一样化成云，回到天空中去。

呼伦贝尔的雪

作为南方人，对雪有天生的好感。

我生活在南方的浙江，冬天几乎是见不到雪的，长这么大记忆里就只有三四次。

记忆最深的是 2017 年，我在杭州租了一个排屋。下雪那天，我把浴缸扛上了屋顶露台，热水不够，烧水来凑。就在雪地里舒舒服服地泡了个热水澡。

对，被邻居全看光的那种。

一天凌晨一点多，怎么都睡不着了，裹着亚麻材质的被子，望着低矮的天花板。

我起床出门上厕所，鞋子踩在雪上嘎吱嘎吱地响。抬头一看，天上的月亮和镶一样巨大，肉眼就能看见月球上的颗粒。我朝着旱厕挪

流浪小木屋

着步子，北斗七星就悬挂在人间半空。顺着大勺子往上看：

天啊！好多好多星星！

在雪的映衬下，夜空更亮了。我竟然在零下三十度的雪地里边看北斗七星边蹲坑，太魔幻了。

可雪也是会伤人的。

从海拉尔回小木屋的路上，中途的一个拐弯，车子就滑进了三米深的坡里，哐叽———下子，车头尽毁。

朋友们来回海拉尔的路上，不是撞上马路牙子，就是冰路打旋，总之，雪地开车需要注意力高度集中，比考驾照还费劲。

雪也会让人欢喜。

我一直想再看一次雾凇。

十二月份的天气，本该是没有雾凇了，结果有一天，陈叔说："走，后头山头今天有。"

我是不信的，雾凇一般只出现在十一月份，十二月份天气很冷，小的枝丫一推就断了，脆生生的。

车到了山脚下，陈叔下了车，一步一步往前走着。在山坡上走了十来分钟，终于，一大片雾凇映入眼帘，就像童话世界的森林模样。

不仅仅是树枝，目之所及的所有东西都覆盖上了薄薄的"雪毛"，一片毛茸茸的。再往里走，几乎所有的树都裹上了白色的绒毛外套，它们在阳光下站立着，似乎还微微仰着头。

浪漫极了。

还有冬天的爬犁。

冬季寂寞漫长，大多有趣的活动都以雪为中心。陈叔喊我出去玩，把我拉到一座小山边，就拖着自家焊的爬犁往山顶走。我不明所以，也就跟着走。直到走到了山顶，他从怀里掏出坐垫放在了铁爬犁上，看着我拍了拍坐垫。

"啊？？？"

我往山坡下一看，这里离地至少有十层楼那么高，下面的车子就小小一点儿。刚摆放好腿，只感受到背后用力一推，"哇——"

老实说，我也不是胆小的人，但这比一般的过山车刺激多了，时速超过七十码！

我好像喜欢的是野外的雪，草原上的雪。那会形成一大片雪原，远处是绵缓的雪山坡，可以拉爬犁，也可以往上走，看雪里的森林。

城市里的雪啊，总是积不厚。每次进室内都是伴随着脏污，马路上走着的人总是戴着帽子和耳罩，慢吞吞地过着马路，车子更是开不快。

自然里的可不一样，它大片大片的，像一块刚做好的奶盖。

有时候报复性地往雪里踩一踩，一路只剩下孤独的一排脚印，像小动物留下的一样。

整片山原里只有我们，仿佛整个世界里，也只有我们。

有一天，回家的路上雪下得很大。

雪花片纷纷扬扬地吹到了窗前，在路灯下仿佛天宫撒金撒银。我走到院子里，抬手接了接。

明天，一定是个好天儿。

房子太完美，生活太无味

要说起来，小木屋一开始的样子不算好看：虽然是村里数一数二高而大的传统木刻楞，但年久失修，整体朝北倾斜，连带着窗框也歪了。

屋子有三个房间一个客厅，屋子里还有一口井。姜黄色的地板掩盖不了房子的破旧，大泥糊的墙面全都鼓包了，因为全年温差巨大。当地人都喜欢用石灰涂墙，每年一次，虽然掉灰但是能防蚊虫，还能给房子来个大保养。可是如果长年不修缮，大块的石灰就像山上的落石一样扑簌簌地往下掉。

我打开里面房间的门，又退了出来——一股常年无人居住的腐臭味混合着汗液的味道把我推了出来。背靠着火墙的卧室还是一间土炕房，水泥灰、泥土散落在地板上，数不清的破败。

这可是我们欢欢喜喜买下的木屋啊，怎么能刚开始就被打败？得学会爱它，现在的样子是难看了点儿，可哪家的长辈会讨厌自己的丑孩子呢？

"你想好怎么装修了吗？"阿全环顾四周，最终看向我。

"无从下手。"摊开双手。

"后悔了？"他轻拍我的头，带了点嘲笑的语气。

"算不上，就是确实破了点儿。"边说边踢着脚边的石头，小声嘟嚷着。

说完，就觉得数不清的失落向我倾泻而来，何止是破，这也太破了！这怎么住人嘛！

没过几天我又得知一件事情：修缮它的费用比新盖一间木屋的成本还要高出许多。

嗐！

"你是喜欢它原来的外观对吗？"阿全问。

是啊，就像和情人第一次见面，抹点粉是正常的，可如果脸上动了刀子，总觉得是换了个人似的。

"大概要多少？"我小心翼翼地问道，"盖个木屋听说十几二十万就够，如果把它调整到满意的样子，是要比二十万还多吗？"

阿全有些沉默，突然他双手拍了拍，像是给自己打气似的："钱可以再赚，你喜欢最重要！"

而事实上，光是维护成它本来的模样并适宜居住，这个数目竟然远远不够。

不光是费用，还有数不清的步骤：首先得找千斤顶把房子抬起来，然后给地面浇灌水泥，做上硬化，才不会让它继续倾斜。这些事可得赶在十月中旬前干完，因为到十月下旬气温就会骤降，水泥是冻不住的。

原来倾斜的窗台需要整个锯掉，稍稍扶正一些才行。窗框要定，木料也要定。定木料也不会正正好好，一定会多了或少了。买的时候都是选贵的，买多了却只能当作废柴烧掉。

这个村子没有自来水和暖气。叫来打井队，花了好多天打下去一百米深，水是旺，却是白的，喝不了。于是我们每次都会去小店买桶装水，哼哧哼哧搬回家里去。喝茶、做饭，只要是吃到肚子里的都用桶装水。

邻居陈叔说："嗐，你一直放，放它个三天，水就好啦。"

第一天放水，我把水管大剌剌地放在院子里的松树边，就当作浇花。谁知水马上就满了出来，泥巴的地面结了层冰，滑得不得了。

阿全路过的时候，我趴在窗台上瞅他："要小心啊。"摔到地上，泥巴地也是梆硬的，那摔起来可是很痛的。

只见他拿榔头把冰敲碎，将管子从栅栏缝里塞了出去，排到外面的管道上。

第二天一看，嘿！水管它自己冻住了，冰块像是赌气似的躲在管子里不出来。我们只好用脚踩，一点点把那些冰块给踩出口子来。

唉，虽然是地下水不花钱，但这样浪费着，心里总是觉得很内疚。

我们时不时去看一看，水透了没有，可是一连蹲了三天，水还是白乎乎的。

"看来只能拿来洗手洗澡冲厕所。"

"说得我们家好像有厕所似的。"

在呼伦贝尔边境的草原上，夏天最忙碌的就是吸污车了，因为零下四十度的冬天可是抽不动的。

所以最好用的还是旱厕，从屋子往院子方向走上一百多米，几个木板一围，加上两个踩脚的地方，就是我们的厕所。

好处是晚上能边看星星边解决，大自然的善意让环境一点也不臭。可冷是真冷，每次站起来没知觉的不是腿而是屁股，得哆哆嗦嗦回屋子里缓上好一会儿。

作为接受过现代文明的人类，无论如何，室内的湿厕是一定要有的，加热的马桶圈也是要装上的。然而多少次垂头丧气的原因就在这里——漂亮的白色陶瓷马桶冬天却用不了，也是遗憾。

装修的时候我们砸掉了一面墙，所以整个客厅连通着厨房，显得格外明亮开阔。

紧接着新的问题出现了，因为是村里少见的"大户型"，给屋子取暖可是件困难事。

一开始电锅炉因为各种问题没有用上，还好我们有壁炉和火墙，铆足了劲烧柴火，还得打上两个电暖器。每天天一亮，我们就开始把木头锯成三十至四十厘米的小段。

烧了几天却发现，壁炉上头热乎，旁边还是凉飕飕，这可不对劲啊。有村民来我家做客，一摸："嘻，这活儿做得不行，图省事儿，烟道故意盘得省力，回烟却没走好。"

"那怎么办？"我追问。

"要么来年打掉重新砌，老费钱了，要么把电锅炉用上，不然得冻死啊。"

头一低，我瘫回了沙发上，"完了完了，今年又过不上冬了。"

"还有明年呢，春天来了我们继续装修。"阿全过来轻声宽慰我。

装修这件事就交给了阿全，我离开了三个月。这个地区信号不太好，经常联系不上，急得我一连打很多个电话过去，一接通就扯着嗓门喊："你为什么不接电话？"

"他们在叫我喝酒呢。"他解释着，声音黏糊糊的，散发着酒精的潮气。

"你喝了多少？"

"嘿嘿，就一杯。"他有些痴。

在草原上装修的屋子，也是顶无聊的，没有朋友没有电视没有娱乐活动。阿全就这样埋头干了三个月，差不多了才把我接过来。

当我第一次踏进装修了一半的屋子，阿全紧张地站在我身后。

入眼是建筑木材，各种钉子散落一地，但屋子里却已经有了漂亮的人字纹松木地板，光这一项，我已经觉得很开心了。

"还没整完，好多事我来决定怕你不满意，就等你来。"阿全小声地解释，我回握他的手，尽量让自己紧张的声音显得真诚一些，"我很喜欢，真的，很喜欢。"

装扮家里，我想，对于大部分的家庭来说是女主人的活儿。

这项工作我在和阿全分开的三个月里就在忙活了，家里、工作室里、仓库里一些旧的、淘汰了的家具整理好，还定了西班牙的手工瓷砖、随手画却很有趣的雨盆，还在门口买了两张床垫来，一张软一张硬，就这样摆了一车的家具从南方运到内蒙古去。

平日里我就喜欢买各式各样的家具，虽然这么多年都在租房子住，可是家具却是精挑细选的，总想着"万一以后有了大房子……"

我们挂上樱桃木色的百叶窗，哼哧哼哧在客厅上摆上沙发，铺上摩洛哥带回来的漂亮的蓝色手工羊毛地毯。呼伦贝尔高纬度的阳光像是一道平行的利剑穿透过来，空气中飘浮着烧木柴后的大块烟灰。

我突然扑进了他的怀里。"像家了。"阿全亲我的头顶，"你来之前真的很像工地，我都觉得没劲透了。"

在这里吃得最多的就是涮羊肉。

听说草原上有着许多珍贵的中草药，如果人们去采，那是违法的。可是羊就不一样的，那些带着特殊香气的植物轻轻松松就被它们填进了肚子里，化成了Q弹肥美的肉。

涮锅子简单方便，配上白酒，一连吃好几顿也不腻。

可论做饭，我是不会的。

我们家也没有抽油烟机，毕竟要在墙壁开一大个抽烟孔，好不容易花了大价钱做的保暖就泄了气。

没有厨房，没有抽油烟机，请客永远是一个小小电磁炉烫着菜。村民觉得我们家寒酸极了，纷纷请我们俩吃饭，有时候请的人太多，一不小心答应了这个又答应了那个，一个晚上吃了两顿，撑得我们呼呼喘着大气躺在床上。

"吃撑了，"我叹气，"要是有健胃消食片就好了。"

"可以开车去买——"阿全拿手指朝着窗外比画，"来回一百公里就有！"

有一天，我兴冲冲地叫上阿全，"快和我去取快递！"

"去额尔古纳吗？"

"不不不，我特意发到了邮局，快走啊！"

阿全实在搞不懂是什么东西让我们特意在零下几十度的天气开车出门。

一进邮局的大门，我就看见了角落的大箱子。

"我——买——了——一——个——大——烤——箱——！"

十三厨房！开张啦！

于是烤比萨、烤玉米、烤羊肉串、烤饼干……我们的餐食一下子变得丰富了起来。

有时候阿全从外头进屋，就吸着鼻子问，"今天烤了什么饼干？可太香了！"

可能是日子过得太惬意，不知道什么时候家里的地址被传了出去，有时候也有陌生的人在门前探头，甚至有人直接打开门就进来了！我一边有些局促地站着，却知道也不能赶人。

于是低头开始打扫卫生，不是拿抹布擦沙发和桌子，就是用吸尘器呼呼呼地大声吸地。

如果人不走，我就会把吸力开到MAX模式，噪声就会更大些。一边推动吸尘器一边呼哧呼哧地喘着气，好像要把所有的不满全部发泄到地板上一样。

从此，家里的门进出都是上锁的，因此还经常把请来做客的朋友一同关到院外。

"十三，你在家吗？我看着烟囱冒着烟呢，可门都是锁上的啊。"

"我这就出来。"挂了电话飞奔到大门前抱歉地笑。

真想不到，原来那个破破的屋子竟然成了大家竞相想来参观的地方！女孩子就是这样矛盾，虚荣又容易满足。阿全凑过来问："不羡慕人家的房子做得精细啦？"

我轻拍了一下他，"回头想要买一大盒丙烯，把歪掉的窗台、冻裂的水泥全部都给它画满！"

房子就是用来打扮的呀，太小心翼翼住着的，那是别人的家。

其实哪怕是装修好了，小木屋的毛病也多到令人炸毛——

第一次烧火墙，水泥就裂了好几道缝；买的地板料是半干的，所以安上后缝大到令人难以忍受。更重要的是，家具都在一点点地崩坏开裂！

我们住进小木屋的第一天，壁炉就漏烟了。于是阿全调了碗水泥就去修补，不仅补了屋里的部分，还搬来梯子，爬上满是马粪的二楼，把看不见却在疯狂漏烟的部分也堵上。

整座木屋一共开了六扇窗，所以每一天屋子里的阳光满满当当。而晚上的时候，灯却是暗的。请朋友们来暖房，晚上涮锅子都显得有些摸黑了。

但是这里的月亮总是特别亮，卷帘拉开，外面的月光就倾泻在桌面上，把锅里咕噜咕噜的羊肉都照亮了。

然后这样的日子过了一天又一天。

几乎每天都能发现新的问题：又多了一道裂缝啦，水管又冻上了，马桶又堵了啊，等等等等。

可是我们在自己的房子里快乐得仿佛国王。不必为了某种生活趋势而生出负担，精简也好，繁杂也好，重要的是在家中，你要感到自在和快乐。

房子太完美，生活会太无味啊。

困难重重

回到呼伦贝尔一段时间了，每天都有新的麻烦。

先是养鸡被骗了。鸡只要一百块，饲料却收了我三百七十块，被狠狠宰了一顿。

花了钱不要紧，最麻烦的是每天都要看好几遍它们是不是都活着。尤其是其中一只拐脚鸡，晚上我要起来五次看看它，总担心它是不是快不行了。有时候起来发现它踢翻了水盆，即便已经晚上九点半了，还要开车去买鸡水盆和饲料喂养盆，再绕村子一圈要来干草，铺在浴室，然后开一晚上浴霸。

大伙儿都说，养鸡呢，厉害的人养十个死一个，如果没经验的话十五天以内全部死光。

我不信邪，阿全也不信，于是我们开始修建鸡笼，铺上干草。唯一不能忍受的就是鸡太臭太臭了，为了想要摸出几个鸡蛋真不容易啊（哭）。

然后说说水的事。

好不容易井被烫开了，我和阿全激动地抱着在屋子里跳了起来。阿全赶忙叫来水电工安装马桶、淋浴、热水器、洗衣机。我们坐在壁炉前边烤着火，边喝着热茶，想着终于可以舒舒服服洗澡、洗头了。

水终于装好了。以前从来没想过洗澡是如此奢侈的事情，我找遍箱子挑了几件干净的衣服。打开水，结果光溜溜等了十分钟，水还是冰凉的，仿佛是从地狱里抽上来的水，沮丧的我只好边穿衣服边哭。

再说说吃饭。

因为温差极大，冬天又极冷，为了安全，我们一直用的是电磁炉。

当然，实际上我们都不会做饭，不管是煤气还是电锅，我都只会做泡面。邻居看我们还没厨房，就老喊上我们吃饭去。

可吃了都快三个月，老蹭人饭也不好意思，于是，有一天晚上，邻居又一次邀请我们去吃饭的时候，我毅然决然地拒绝了，因为我决定要自己做一顿大餐！

结果，第二天，我们饿了一整天。

晚上睡觉前，总觉得听见打雷的声音，我问阿全："是不是要下雨了？"

"……那是我肚子在叫。"

做饭不行我能干活呀，每天看着院子里两千平方米的土地，决定干点什么。

盖房子，肯定是不行的，不如，种土豆？

种土豆好啊！这里的土豆又粉又香，好吃得不得了，而且土豆容易养活，肯定没问题。

于是我去买了铁锹、耙子以及七七八八的小工具，还向村民请教了种地要领，总结出以下几点：

①草根子要全部挑出去，不然翻土时就把野草给种上啦；

②小石子和不能降解的垃圾也要丢出去；

③翻好了土，可以去找点牛粪、羊粪作为肥料，保证土地肥沃，如果没有，用人屎也行。

选好了地方，就开始翻土了。

先用铁锹垂直插到地面，用一只脚踩在上面借一点身体的重量，当整个锹面都没入地面，再用力斜着顶出来，草就被连根拔起来了。用锹面打散土块，把草根和石块捡走丢出去。一直弯腰、直立，腰受不了了，才干一小时背就疼了。于是我干脆匍匐在地上，用手套扒拉小垃圾。

阿全笑道："捡金子呢？"

我头也不抬没好气地说："金子还不值得我捡呢。"

从七点半干到十点半，忙活一早上，才弄好了一米五的小半圆，抬头看了看，这两千平方米该怎么办哟，一定有机器吧？农场主肯定不会自己瞎干，一定有什么又快又好的办法是我不知道的！一定是！

其实很多人——包括村民——都问，为什么要来这里受苦受难。

虽然草原上的日子是有些打击人，但我们过得挺开心的。这是一种从未体验过的新鲜感，最大的好处就是我们不再整天拿着手机刷个不停，生活开始变得简单而有序。阴天时可能会睡个懒觉，如果是晴天的话，六点一定会起来洗漱，然后开始干活儿，晚上九点就开始哈欠连天。至于那些麻烦，不会就学嘛，这有啥大不了的。

我想，三十岁和十八岁最大的不同，就在于这种对生活的好奇心和探索精神吧。三十岁的时候做了一个美梦，很快就会被疲惫压下，可十八岁做了梦却想着如何把它真的实现。

是的，我们还是喜欢做梦。

老实说，经常想放弃，无数次想过放弃，尤其是村民劝我一杯一杯又一杯，我就是不喝的时候；阿全回家吐得天昏地暗我还得收拾的时候；衣服脏了没有地方洗，洗了还没地方晾的时候；想吃点好的，村里啥也买不着的时候；动不动停电，动不动断网，干木工活儿时一手的倒刺……在那些时刻，我总是心想，要不就算了吧，反正现在木屋也值点钱了，留给女儿也是一份礼物。可每次想离开的时候，又总有新鲜有趣的事情发生。

"这幸福又糟糕的生活，就是我选择的生活。"

『害群之马』

2024 年的春天，想干的第一件事，不是烫井，不是装卫浴，也不是安好水龙头、铺草坪或修栅栏，而是想要一只小羊。

吃饭的时候我把这个想法和陈叔一说，他立即说道："一只不行呀，小羊吃奶，得把大羊也整上，最好小羊两只，大羊也两只，一家四口。"

"那我只买小羊不行吗？"听说从小养的羊像狗似的，十分黏人，一喊就来，还可以进屋子里玩，夏天带去山上都不跑。

"如果只想要小羊，那你得买那种母乳不够吃、用奶瓶子喂大的小羊，不然它不吃，总想去找妈妈。奶瓶子喂也不能喂多了，不然把小羊肚子撑大了，以后长不好，毛不好，膘也不行呢。"

我点头如捣蒜，脑袋中有个小人拿着小笔疯狂记笔记。

"小羊一天喂三四次就行，一次半个矿泉水瓶。吃到三四个月就可以吃草。你还得给它搭个棚，小羊可不能淋雨咯，不然一会儿就生病，留不住。"

记住了：要喂吃奶瓶的、不能喂多了、一天三次到四次、不能淋雨、要保暖。

我这一块不大不小的地本来是为马儿长睫毛准备的，它最近到山里去了，看着空落落的院子我就想干点什么。地是一定要开垦的，因为额尔古纳这一带纬度高，昼夜温差大，种出的土豆粉得掉渣，不管是炖还是煎都是喷香。

这次五月回来就是为了种土豆，到时候再向邻居们要点其他种子，有啥要啥，先练个手。

除此之外就想要一只小羊，刚出生一个多月的那种，咩咩地叫，身上软软的，抱起来轻轻松松的，还有奶香味。毛也是软软、卷卷的，像是一块舒芙蕾蛋糕一样绵香。

这件事像是生根了一样扎进了我的心里。

晚上睡觉前想着羊，望着院子就想着小羊吃草，甚至要准备的两个草卷都想好了去谁家买，没事还打开手机看看给小羊戴个什么样的项圈。

后院的邻居家去年挨着栅栏盖了个羊圈，现在正是下崽子的时候，天气好的时候我就会绕过去看看小羊羔。想要一只白底花色毛的，最好是棕色；毛得是卷曲的，个头儿不用大，长度和肩差不多宽就行，抱起来尤其舒服。当地人还说，黑色毛的比花色的好养活，花羊又比白羊好养得多。总之毛病最多的就是白羊了，偏偏它们的数量还最多。

但是牲畜只有在小的时候才可爱，等它们长大就该发愁了。小奶羊把喂奶的人类当作妈妈，可长大了就翻脸不认人了。再说了，万一羊养出感情了，舍不得上桌了咋办呢？养大了羊不吃，一直养又不划算，照着我这性格，怎么才能当上理想的农场主啊。

有一天吃饭，陈叔突然说："吃完我领你去看看羊呗。"

惊喜从天而降！"好呀！"我满脑子都是小羊的胎毛挠到皮肤上痒痒的快乐。

天色渐黑，裹上帽子和围巾，一行人开出村口，向左上了柏油路，没开一公里，又顺着小道拐进了山。春天的雪刚化，泥土路起起伏伏，深坑遍布。就着一点点月光，我们向山里开去，没一会儿就听见狗吠，一人大的狗子怒奔而来，吓得娜佳姨不敢下车。

而我想羊的心思按捺不住，开了门就往羊圈冲。黄昏下是冷调的缓山，风迎面直冲而来，即便裹着围巾帽子，暴露在外的脸也像是浸润进了刀片的陷阱。可当我见到整个羊群，就高兴得顾不上了。六百多只羊有的低头扒拉着前蹄，有的为了取暖蜷成了一堆，还有好奇心旺盛的小羊从羊群中冒出头来。

"这个圈里头都是喂奶瓶的。"小梅姐下巴抬高，点了一下子。

"黄头的那只！也太可爱了吧！它还有兄弟！"

"但是看着个头儿挺大了。"阿全总是这么冷静。

"还有那只，一半是黑的一半是白的，白加黑呀！"

"那只不是在拱奶吗，人有妈妈。"

挑来挑去，就没有特别满意的，天也黑透了。

"明早上七点吧，喂奶的时候你过来挑。"小梅姐说。

因为想养羊，总惦记着这事儿。第二天一早，六点就从床上弹射起来，洗漱完毕还化了妆，用卷发棒整理出牧羊女的造型，穿上牛仔靴、鱼尾裙还有反绒皮质的咖色西装，等着出发。阿全有些不满地从卧室里出来，"这才几点啊。"

"六点半了，该出发了！"我催促道。

"外面看着像是要下雨的样子呢。"我定睛一瞧，半小时前还蓝澄澄的天突然就盖住了好大一片灰色绵密的云，春天的草原上变天也太快了。

下雨可不能养小崽，我的心也像是淋湿了一般。

阿全一把按到我头上："先去看看呗，把羊挑好，天晴的时候去拿。"

第三天，天气好了，后备箱腾空了，一切都准备好了，我们准备去抱黄头。

可是黄头不让抱，在羊群最外围跑得飞快；黑眼圈倒是黏人，但个头儿太小，怕养不活。

这时小梅姐提醒我们，羊圈一定要用铁丝网或钢丝圈好，不然一点点缝小羊都能钻，一不小心就卡住了。

于是我们又折回村子里订了三十米铁丝网。

日子一天天过去，我们订的铁丝网还没有到，于是天天盼啊：圈子什么时候到，圈子什么时候到。

听说，从小养大的羊会追着人身后要喝奶，长大了也可以和主人一起出去散步、吃草，和小狗似的灵光。于是，在等待中，我开始给羊崽们挑项圈、胸带、牵引绳。

一天，隔壁的赵叔放羊回来，小羊们乌泱泱地朝着圈子里奔跑，圈里早就备好了草料和黄豆。小梅姐说，吃黄豆好长膘，能卖好价。

我突然瞄见随赵叔放羊回来的还有两只小羊：一黑一白，紧紧地跟着人。我立马飞奔过去扒拉住栅栏："叔，这两只小羊多大啦？"

"刚下半个来月。"

"吃奶瓶吗？"

"对，就这俩吃奶瓶，它们妈妈不要它俩了……"

怎么办？我一下子陷入了天人交战，是选灵活的黄头还是刚出生的黑眼圈？还是这两只黏人的姐弟呢？

一路思考着回了屋，阿全突然拦住我："想什么呢，这么纠结？"

"唉，每只羊都好可爱。"

"你又看中哪家的了？"

"隔壁的，有一只全黑的公羊，像影子一样！一点白毛都没有！还有一只小母羊，四只蹄子是黑色的，脸也像是抹了灰一样，我想叫它煤老板，可……万一小羊跑回去了混进羊群不认了咋办？"

"也是。可你这连名字都取了，喜欢就养吧。"

纠结了一晚上，最后我往沙发上一瘫，干脆全部放弃。"不养了！"我挥舞着手脚。

"为什么？"

"不管养哪只我都舍不得宰。我不是合格的牧羊人，就不养了。"我生气道。

阿全站定，低头沉默了会儿，"听你的。"

可是，我想，也许给羊取了名字，就有了牵挂，影子和煤老板踏着小羊蹄就跳进了我的梦里。

第二天一睁眼，就见阿全直勾勾地盯着我。

"几点了？"

"你说了一晚上梦话知道不？"阿全岔开话题，像是等待了很久，"说'小羊一天喂三到四次，一次两百五十毫升至三百毫升，要做好保暖，中间喂点水……'要不还是养吧，让我多睡几天。"

"买哪只？"我一骨碌坐了起来。

"黄头可以吃草啦，要不就黄头？"

"可是它老躲呀！我看隔壁那两只就很黏人，又乖，还是很少见的全黑羊。"

"……你直说想要它俩不就得了！"

赵叔说，这两只羊的妈妈不要它们了，事实是那天生完小崽它有点感冒，晚上没吃药，第二天就没了。

有个孩子说："妈妈，'黑羊'在英语里是'害群之马'的意思！"

另一个孩子争着抢答道："可是我觉得它很酷！"

朋友们，能把手中的事情暂停一下吗？恭喜我吧，因为——
我有小羊啦！

知足常乐

　　没想到春天最大的挫折不是好像永远都无法除去的野草，不是可以把新栽的白桦吹成四十五度的大风，不是迟迟种不下的苗子，而是我们家的第四只小羊。

　　拥有了煤老板和傻豆（就是"影子"的英文"Shadow"）后，我觉得养羊也不难啊，它们还黏人。后来接了金子回家，它已经快三个月了，很笨，经常跑错路，肥嘟嘟的，掉下的毛总粘得一身都是，这两天还发现它身上有跳蚤！

　　它总爱叫唤，仿佛在喊：

　　"咩——咩——放我出去——我想吃青草——"

　　"咩——咩——你快过来——我饿了——"

　　它还喜欢站起来扑在人身上。总之是一只很欠揍的小羊。

　　可这不要紧，因为，我又接来了一只比它更棘手，却非常非常可爱的小山羊。

　　它的腿短短的，但是在羊群里跑得飞快，跑起来四脚离地，简直跟飞一样！它的嘴巴很尖，眼睛又像是黑葡萄一样滴溜溜，简直就是一只长毛小猴。

"叫它蹿天猴儿吧。"我回头对阿全说。

"怎么又起上名字了……"他嘀咕。

"你说什么？"

"没什么，这只小羊真可爱。"

我满意地抱着怀里的小羊。

可回到家我就傻眼了。

一是它胆子太小了，有一点动静就吓得直窜，完全没有之前称霸羊群的样子。

第二，它喜欢躲在纸箱里。其他三只小羊想和它蹭蹭，结果它头也不敢抬，脑袋埋得低低的。

第三，我刚把它关进圈子，余光就看到一个飞出残影的白影——这不是我家蹿天猴儿吗？！它是怎么出来的？！

这还不算完，抱着它给它喂奶，结果嘴巴都不动就睡着了。

山羊不是聪明得可以当头羊的吗？它的机灵劲儿呢？我有些沮丧地放下奶瓶出了圈子，突然在想：如果当时不贪心，只拥有两只小羊，是不是就没有后来这些烦心事了？

我想起了朋友开在广州城中村的店面的店长，他名叫常乐，以前在悬崖般高耸的楼宇里做着高强度的工作。有一天常乐和朋友说："如果有一天我不干了，就跟你干吧。"

结果，他真的放弃了收入不错的工作，去城中村给艺术家朋友做店长，每天穿着 T 恤和裤衩，高兴了穿上花衬衫和高腰牛仔裤，脖子上还系一条复古的丝巾。

他并不觉得收入变少是特别重要的事。在广州每天能吃好吃的，还能管理一家店，这些都很有成就感。

在城市里生活的时候，往往会长出很多超出控制的欲望：如果房子再大一些就好了，如果我的包再贵一些就好了，如果我的手机是最新款就好了。可往往，现在所拥有的已经足够生活，也能让我们时常感到幸福和快乐，这就是所谓的"知足常乐"。

我既想要傻豆和煤老板，又想要黄色头发的金子，还想要淘气可爱的蹿天猴儿。当它们成为我的烦恼时，只能说，这是自找的。

这种挫折感一下席卷了我。为什么牧民放几百只羊也没那么费劲，我却连四只都养不好？

灰心的我蹲在夕阳下，落日卷走了暖风，空气冷飕飕的，四只羊还在旁边拼命地叫唤。

实在太吵了，我开门进了羊圈，谁知这四只羊看见了我就不咩了，好奇地打量着我，好像在想妈妈为什么不开心呢。煤老板和傻豆还过来拱我的腿。

我走出羊圈，它们又开始新一轮的叫唤。于是我打开门，把金子、傻豆和煤老板都放了出来，它们也不跑，就在我跟前吃草。有时候跟着草味走远了些，回头看我还在原地，又滴溜溜地跑了回来。

阿全从外面回来，问道："怎么了，一个人蹲在这儿。"

我突然大哭了起来："觉得自己好失败啊！连个羊都养不好，还想当农场主呢！"

"不会啊！你完全没有养殖的经验，却能养活十只鸡，还把小羊们照顾得很好，你很棒，以后一定是超级厉害的农场主。再说了，失败是正常的，成功才是不正常的呢。"

听到这，我哭得更凶了。"可羊被我养死了怎么办？"

"那它就可以在院子里的山丁子树下，每年都和花看着主人如何变成很厉害的牧羊人。"

野火烧不尽

我有一只拐脚鸡，每次路过鸡笼就看它伸着腿，侧身倒在地上，像是死了的样子，吓得我每次都踢踢笼子发出声响。它会惊醒抬头，一只瘸腿也不收回。

"哦，原来它只是在睡懒觉而已。"我长舒一口气，蹦进了屋子。

因为腿瘸，它走路非常慢，一步一步蹒跚地挪动着步子过去喝水吃料。我天天担心它是不是活不成了：吃饭比别人慢，喝水比别人慢，还经常被踩、被啄、被挤。谁知它有了一套自己的生存哲学。

不抢，总是藏在最下面，别人吃差不多了再去吃几口。就靠着这样，它活过了一个月。

虽然个头儿还是比别的鸡小上许多，但是除了腿，也没见它有其他的毛病。

你们看，不争不抢也能活得好，并不是非要卷别的鸡崽子的。

前阵子在陈叔家吃饭，正巧小黑哥打来电话："长睫毛回来了，你把它牵走吗？"

"好呀！下午就来！"我开心地和大家分享好消息，陈叔沉吟半晌，突然说道："可是你们家草也不够它吃呀。"

"两个院子加起来四千坪也不够吗？"我吃了一惊。

"不够，草原上才够吃，而且，你不是还有四只羊呢嘛。"

说起四只羊，吃起草来那叫一个"斩草除根"，尤其是金子，它走过的地方，草就像婴儿的小乳牙，只剩一点点草根子。

"所以牧民呀，不会总在同一个草场放牧，游牧点是一直移动的。得让草场歇歇呀，草才能长得更好。"陈叔接着说。

"人也是这样的，是需要一直移动的，总在一个地方待着就会生病。你看上个月你刚来那会儿，整个人憔悴得不像样。"娜佳姨补充，"要休息，别老是觉得内疚。世界只管自己活，离了谁都能继续转。"

草原上物资匮乏，但北方的黑土又异常肥沃，除了养牛羊猪，就有一些干细活儿的村民打起了种菜的主意。

一开始就种土豆、大蒜这些好养活的，后来慢慢地种上了绿叶菜、黄瓜、柿子……前阵子我也种上了土豆，发现这里面也有学问。

先要用铲子把草根铲出来，抖掉土丢出去。再把赖皮草根和小石头挖走，最后用耙子整平。一块十平方米的地就要劳作一上午。

土豆随着芽眼切成块，然后抹上草木灰防止氧化。用铁锹挖一个十公分左右深度的洞，浇上一层发酵过的羊粪，马粪也行，越陈越好，一起和土豆块丢进去，再用薄土埋上。

来年，种土豆的地方又要换点别的种，边养土边种地，才能滋养出更茁壮的植物。

光是薅草根这个步骤我就气馁了，好像怎么拔都拔不完。更气人的是，即便今天拔掉了，过阵子又挨着小苗一起长起来了。

院子旁边总有村民路过，然后趴在我们家栅栏上看我劳作。

"没有耐心，可是种不好地的哟。"有人笑嘻嘻地说。

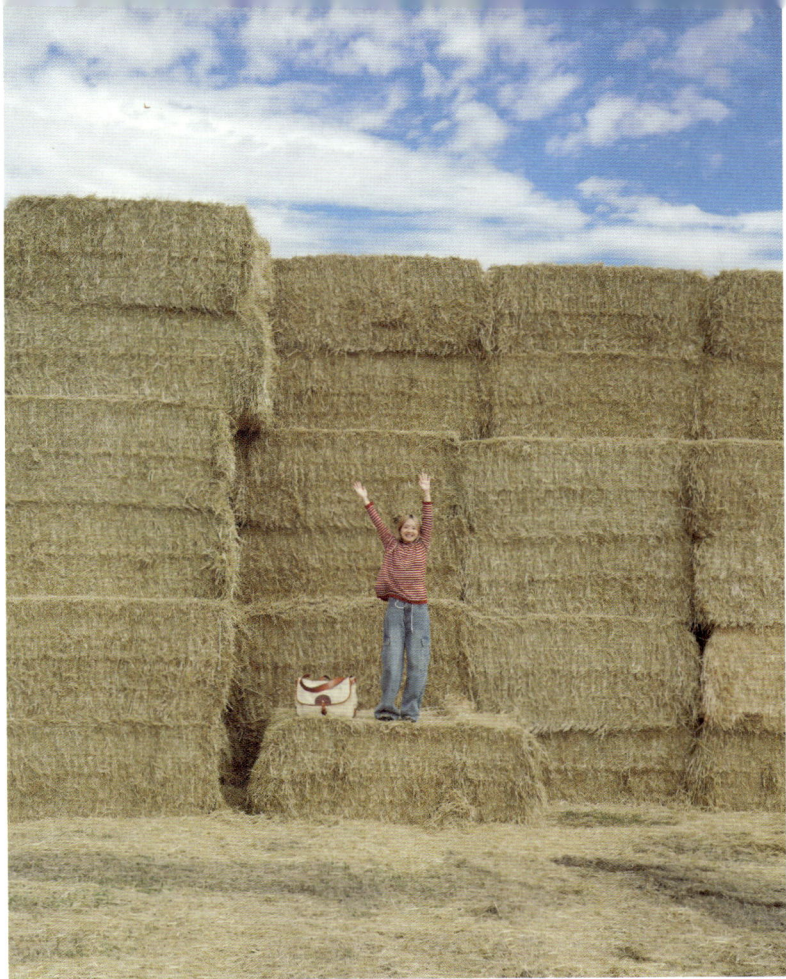

　　冬天来临前，草原上总是很忙。

　　一是忙着收割打草，家家户户都出门干活儿去。二是采摘园子里各种春天种下的菜，储藏进地窖，像是仓鼠囤食一样。最最重要的是，一定要准备好煤和柈子。

第一年的时候我不信，当所有人都在为冬天来临忙碌，我却在街上闲逛时，他们就会问："桦子都准备好了吗？"

这就像"你吃饭了吗"一样，是深秋常听到的问候语。我小手一挥，答道："木头不是哪儿都有吗？买就是了。"那时候的我还没经历草原的毒打，也听不清他们后面说了什么。谁知，十月底第一场雪来临，气温骤降，这前后不到半个月的光景，桦子的价格就翻了一倍还多。

"你说多少钱？"我在屋子里冻得来回走，把手机拿得离耳朵远了点，摸了摸耳廓防止冻僵。

"八百。"

我不敢相信听到的数字，"之前不是说三百二？"

"现在多冷啊，谁还愿意干活啊。"

于是挑挑拣拣，在院子里柴房捡了一些碎木头，再靠着发抖挨了过去。

第二年，我们早早地码上了一面墙，可烧了不到一个月又没了。

"四哥，你那儿有桦子不？"

"你要多少？"声音从话筒那边传来，像是还在睡着。

想了想，说："两个方子。"

"和你说，现在价格可贵啦。"

知道。

我心想，可是再贵也没有关节贵。

在这儿生活，因为村子偏僻，停电或者水被冻住是常有的事儿。一般出现在冬季或者是初春，冬天大多是因为暴风雪，可如果停电，就面临着水管被冻爆的危险，那一整个冬天就难挨了。所以家家户户除了锅炉，还会加个火墙，做好两手准备才能保证在严寒不被冻坏。

而春天的停电，就是为了迎接夏季游客而做的准备。不再需要着急添柴火保持屋子温热，停电也让我们暂时告别了各种电子设备，停电的日子里基本上就是看书，从早看到晚，累了就站起来，去院子里转一圈。

"太阳都下山了，屋子里会不会太暗？"阿全问道。

"不会，下山了就睡觉咯。"我从书里抬起头回答他。

所以，电好像也没那么重要，靠电活着的各种电器都不大需要了。也因为时不时地断水，所以才格外珍惜有水的时刻。

冬天，井很容易冻上，所以大家就会挨个儿打电话问谁家的井烫开了，然后就提着两个二十五公斤的塑料桶去打水去。空桶提过去容易，装上水运回来就难了。村民会用扁担，我们就用爬犁拉。等运到家已经成了一桶冰碴子，等上半天在屋里化开才能用上。

后来每当品尝到水的时候，都会觉得不容易，要慢慢喝。不仅是水，往后所有的东西都会爱惜上两分。因此，我也被城市里的朋友笑话了几次"老人家做派"。我无法怪罪颇讲实际的朋友们，因为回到城市没多长时间，我又马上学会了大口喝水。可边喝着，却觉得这水远不如我从爬犁上扛起来、放在水池下的角落并用毛巾擦掉遗留的雪块的那两桶水好喝。

坦白说，在草原上的生活，日子漫长又短暂：一天很快就过去，第二天又很快就到来。往来于脑海里的景象，犹如天上的行云，日复一日，极为平凡。

由于纬度很高，所以春天来临的时候日子一天比一天长，有一日三点醒来，天就是亮着的了。所以一天到头房间里的百叶窗都是关着的，实在是太耀眼了。

而冬天，日子却十分短，好像中午一过就是夜晚，每天都在害怕蚕食日光的漫漫长夜。好在雪是那么透亮，冬季总是会开着百叶窗，半夜睡醒看着窗台，雪夜的月亮总是毛茸茸的，犹如在大地点上了一盏荧光灯。

冬天是不下雨的，晴天很刺眼，但更期待阴天。如果天压下来，就是要下雪了。这儿的雪花片有指甲盖那么大，落在外套上很长时间都化不掉，能清晰地看到雪花的走向纹路，一时半会儿看得停不下来。

到了春天，又期待起雨来。大部分时间是一派朦胧，小部分时间是短暂的暴雨。村民们总是很高兴——种子都能被浇透啦。可我就只会望着院子发愁——今年春天的地还没翻完呢。

还记得我那四只小羊吗？我养它们，多少也是因为太无聊了，要给自己找点乐子。

煤老板和傻豆是先来的。傻豆特别聪明，喊它、叫它似乎都能听懂，人一蹲下来就会远远向你跑来，我也最爱它。后来又接回了一只黄头羊，因为额尔古纳河边盛产金矿，因此取名金子。

金子三个月大了，块头也大，一个女生抱是很吃力的。目前它算是这个小团体里的领头羊。

最后来的是只小山羊蹿天猴儿，我在五卡凤凰婶儿那六百只羊里就看中它了。腿短短的，全身被又软又长的毛覆盖。耳朵在出生的时候做了标记，尺寸也比同龄羊要小上许多，就像樱花花瓣一样。

山羊跑起来叫一个飞快，还喜欢跳到高处。

"等它长大了，就能上房顶咯。"村民说。

可是蹿天猴儿是山羊，长得比绵羊慢，所以我还有大把时间把它从房顶上哄下来。

养了四只羊，一天好像就没有太多时间坐下来专心写字。每天的七点、十二点、十九点它们都要吃奶。冰的不行，得温到乳汁的水平，不然它们容易拉肚子。

养了快一个月，我有些疲倦，走又走不开，有时候出门久了，一颗心就挂念着这四只小羊。有一回，我怕它们饿着，也是图方便，我从额尔古纳买回一袋羔羊料，装上满满一盆就放进了圈里。

"这一盆可够它们吃上三天了。"我得意地拍拍手，叉着腰看着它们把头埋进分隔框里。

接连两天都没再听到它们咩咩叫了，可慢慢地，就觉得不对劲了：煤老板怎么老趴着呀？

我凑近一看，正看见煤老板拉稀。

小羊一拉稀就是要命的事儿，我吓坏了，回头就跑进屋里拿了禽畜急救液，还好家里备了药，灌了水就把它们一齐喂了。

然后一整天，我都魂不守舍，吃饭的时候盯着外头，没事儿就看看它们有点精神了没有，后来索性拿了本书，端了张小板凳，就坐在羊圈附近。

"实在不行，就叫兽医来看看吧。"阿全说。

"煤老板死了怎么办……"我带上了哭腔。

"放心吧，就是第一次吃饲料吃多撑着了，吉羊自有天相。"

第二天，圈子里又恢复了黑色的羊蛋蛋，我连忙把饲料盆拿走放在了鸡圈顶端，"不吃了，不吃了，草原上的羊，就是该吃草和野花的！"

我从前就是有放羊的梦的。

听说草原上的牧民可赚钱了，一只羊一千元，一千只就是一百万元，要是再养点儿别的，在我看来都是稳赚不赔的生意。在看书看照片的时候，看到广袤无垠的草原上羊群如水流一样移动，牧羊人骑着摩托或马跟在后面；早晨在蒙古包前挤牛奶，春光灿烂的牧场上开着鹅黄色的小野花，高高的太阳照耀着蓝蓝的苍穹，河水从不远处经过，扭动着身体像是一条银色的水蛇，环绕着岸边缓缓流淌。

那时是真真儿的羡慕着牧民的生活。

"要是能去草原上放牧就好了，"我一脸认真地和阿全说着，"这辈子一定要住上一段时间。"

我们家后院的赵叔，答应了带我去放羊，可把我高兴坏了。

早上六点半到七点出发，跟在羊群屁股蛋后头慢悠悠走。我看着几百个肉墩墩的羊屁股乐呵呵地傻笑，它们走起来屁股一弹一弹的，也太诱人了。只是屁股蛋子下面的毛上总是挂着团在一起的黑色羊粪，罢了我上手摸的念头。

不一会儿就到了后山边，走了半小时，屁股看得有些无聊，掏出手机才发现信号孤零零的，像是罚站。

注意到我的举动，赵叔回头道："还想玩手机呢？山这头可没信号。"

"那你们岂不是很无聊？"我把手机收了起来，如今它只剩下了时钟的功能。

"在这儿看羊都来不及呢，山上有狼，不注意就把羊咬死咯！"赵叔瞪大了眼睛。

我不信，现在连狍子都见得少了，哪儿还有狼啊。

第二天学聪明了，提前下好了电影。可是走走停停看得很不尽兴，更糟糕的是，太阳光太强，根本看不清屏幕。

赵叔看了看我一脸苦恼的样子，了然于胸地笑了："明天你就该不想来了。"

这我哪儿能服气，该死的胜负欲就像煮开的水咕噜咕噜地往上冒。可是没想到，山上没有信号没什么，阳光才是最难敌的。明明我总结了经验，戴了帽子，又涂了防晒，可照样被晒得两颊通红火热，摸着刺辣辣地痛。

山上的风巨大，山下背风的阴凉处又好冷。我吸着鼻涕水忍不住问："啥时候回去？"

"羊吃饱了就回去了。"赵叔悠然自得地说。

第四天一早，说什么我都不起来了，赖躺在床上扯着被子说："不去了，不去了，你帮我和赵叔说一声。"

"你这才第四天呢。"

"后悔了，行不行？"丢人就丢人吧，也比晒死强。轻搓自己的眉心，好像起了一层皮，热热地疼。

放过羊才知道放羊有多么漫长和无聊，也感到自己的想象是多么不切实际。

"草原上的生活哪有看上去那么自由。"阿全下了床趿着拖鞋到壁炉边上，打开门往里堆着柴火。

我更羞愧了："可是我没想到会这么难熬。听叔说牛羊行情这几年都很差，一只大羊才卖到八百元，草料又涨价，牧民户可真难。"

"你才放了几天？他们，"他朝着院后的方向努了努嘴，"从春天开始，一直要放到秋天呢。"

壁炉里的灰烬给我的梦想生活抹了黑，我有些气馁地盯着炉火。

"你不是说想要体验一次吗？这回体验过了，不适应牧民的生活，不当牧民就是了，你仍然是草原上的居民啊。"

我的眼睛，随着跳动的火焰，一点点重新亮了起来。

　　在草原的第三年，它教会了我另一种生活，这种生活无关便利，而是紧贴着自然的教导。我开始像一个婴儿学步那样，重新学习如何关注生活中的基本要素：关注粮食和取暖，挂念生活的基本，专注于听、看、活。

牧羊女

　　我的理想是当一位农场主，有八百亩地，养一千只羊，然后豪气地站在山头一挥手，说："这都是我们家的产业。"

　　阿全也差不多，他想养马，然后骑着他亲自驯好的马上山来赶我的羊。

　　"在村里打听过了，一百只羊每年能下一百来只崽子，托管一夏天是一只羊一百块；冬天要是自己干活儿，地里能种点苞米，差不多就能回本。一只羊崽子可以卖到四五百块，一年能赚两万块打底。如果羊肉行情好，有时候一年也能赚到五万块。"我喜滋滋地和阿全说，"如果养一千只羊就会……"

　　"会累死你。"阿全无情地接话。

　　我曾经看过一张照片，是一位女性穿着黑色的拖地长裙站立在羊群前，有种神秘的时空感。后来才知道，在也门的东部，都是女性放牧山羊。她们穿着黑色的长裙，戴着干燥棕榈叶做的高顶草帽——这种特殊的草帽可以隔绝头顶的空气——还有厚实的羊毛手套，包裹住柔软的双手。

那天晚上我就做了一个梦，索科特拉岛上生长着千年的龙血树。星空下，我拿着羊钩，披着毛毡的衣服跟在羊群后面。龙血树树冠茂密，就像是一把把倒置的伞，掩住了一半星空。

这个梦像是有人在我的记忆保险箱里放了一张纸条，催促我：走吧，去放羊吧。

没想到，有一天，我真的来到了草原。我没有忘记农场主的理想，养了鸡又养了马，还养了小羊提前训练一下。小羊是我亲手一口奶一口奶喂大的，它们一天要喝三顿，每天都追着我要奶喝。有时候出个门，还总惦记着它们会饿肚子，真是疲惫又操心，却又喜悦、幸福。

有一阵子要长时间离开，就把小羊们放到了托羊所，可接回来就不对劲了：煤老板一直咳嗽，傻豆长了口疮，金子更夸张了，喉咙长了一个大包。

到了夏天，金子喘得越来越严重，于是我打电话给小梅姐。她在村口往前两公里的后山有个地窝子，冬天就在那儿放羊。夏天的时候，她的丈夫老戴会把羊赶到草更加肥美的游牧点去，她就进村子里做点收拾的零活。因为她去上班的路会经过我家，所以有时候羊有点毛病我就找她。

很快她就来了，摸了摸羊脖子上的包，略略一思索，说："要不明天早上来你家给它打一针吧。羊一生病啊，没得快。"

小梅姐来连打了三天针，我就在旁边暗自观察学习了起来：用腿夹住羊肚，针打在羊颈和前腿之前；在它感到痛之前拔掉，结束。

眼睛已经学会了，于是等小梅姐下次来的时候，我磨磨蹭蹭地挨了过去，请求她让我试试。小梅姐半信半疑地交给了我。我闭上眼睛略一思索，在脑子里把整个流程演习一遍，然后自信地打出一针。

"挺厉害啊，都会给羊打针了，"阿全在一边说，"就是小梅姐打完，羊都是活蹦乱跳的，你打完，看它都趴下了，感觉羊老疼了。"我臊得低下了头。

金子的咳嗽好转了几天，又严重起来。我仔细一看，它喉咙的大包已经到了五岁小孩儿拳头那么大了，捏着还挺硬。于是，我又慌张地给小梅姐打电话。

谁知小梅姐告诉我一个噩耗，这回金子的包一直消不下去，影响到了呼吸道，没法治了。

"它就半岁，只能烤了，你问问烧烤店收不收。"小梅姐提议。

听了小梅姐的话，我只好一直给自己"洗脑"："金子打从一开始就是为了吃掉的。""我们草原上的羊都是为了朋友们养的。""这是成为农场主的必经之路。"一边嘟囔一边转圈，把自己转晕了，垂头丧气地坐了下来。

"以后也是要吃掉的，"阿全过来拍我的背，"早晚都一样。"然后就招呼了人去逮羊，把金子的腿捆上了。谁知道，它一蹬腿，把大包踢破了，脓水炸了出来，臭烘烘流了一脖子。大家一时间都愣住了，不知道接下来会发生什么。

回过神来赶紧掏出手机打电话给兽医。

"是不是包破了，就瘪了？"

"对对。"

"精神也好？"

"是的是的。"

"那是好事啊！你把包再挤挤，上点碘伏，要是有头孢也塞点进去，这就好啦。"

是惊喜！我被这个惊喜砸得有点儿蒙，一直傻乐，笑着笑着就哭了起来，然后扯着嗓子哭出了声："太好了！金子，你不会死了！"

"打电话给小梅姐吧，和她说不用来宰羊了。"阿全走过来，轻轻抱住我。

牧民不仅会给羊看病打针，宰羊也是一把好手。我认识的人之中，最会宰羊的，要数五卡的凤凰婶儿。手起刀落，十五分钟处理好一只羊。

"最多的时候，一天要宰七十来只羊。"她一边麻利地剥着羊皮，一边擦汗。

我高兴得直乱蹦，"等十月份来，我给你们宰羊好吗？练几天，你们给我考试！"

"你呀，你下得去手吗？"婶儿把我上下一打量，"不要一会儿吱哇乱叫，把羊吓着了。"

"不会就练嘛，给你们打下手。"艺名我都想好了，就叫"草原屠夫"。

"打下手都嫌你碍事，"婶儿笑着打趣，"先说好啊，吃住都随我们，可没得挑。"

"那能看看你们住哪儿吗？"

"就那屋，"她腾出手来往院子里一指，"自个儿看看去。"

顺着她的手，我回头看去，是一栋灰溜溜的平房，四四方方一个长条。我有些忐忑地打开门一看，还挺惊讶：院子和厨房都灰头土脸的，没想到婶儿他们住的地方格外干净明亮，整个墙面和地面都是白色的，客厅很大，有两个卧室，还有一个监控室。

看来当牧民收入还不错，这羊真可以养，我美滋滋地想着。

出了门我就扯着嗓子喊："凤凰婶儿，凤凰婶儿！"

"咋了？"

"你是未来'草原屠夫'的恩师啦！"

我是从什么时候开始想当牧羊人的呢？

仔细想来，应该是有一年去新疆巴音布鲁克的牧民家，有一只刚出生的小羊一直跟在人后面要奶喝。天气寒冷，风呼呼地吹，小羊甚至还走不稳。于是，我就把它抱起来，放进了蒙古袍里。

"你这样好像驴妈妈。"阿全打趣我。

"就不能是袋鼠妈妈吗？"我在寒风中缩了缩脖子，而衣服里的小羊又一直给我温暖。

"阿尔卑斯山牧羊人迁徙的时候，就会找一只稳重的驴妈妈来背小羊，就像你这样把小羊放进袋子里，以防它们冻着或是掉队，"他耐心解释，"不是和你一模一样嘛。"

可是我这个驴妈妈当得并不称职，在一个平常的夜里，我养的黑羊傻豆走了。

那一天它出现在平时不常出现的门前，身上围着几百只蚊子和苍蝇，像是等待死亡的降临。我心里一惊，上前拍了拍它，谁知它也不动，就是趴在地上喘气。

"它很不对劲。"我对阿全说着，身体作出了更快的反应——打电话给兽医。

"前两天都没事儿？"

"对，就是昨天开始一直趴着。没精神，也不吃东西。"

"可能是中暑了，或者发热，给它打消炎针。"

我想了想，又打电话给牧民老戴，他听了连忙说："赶紧拉来吧，否则明天可能就没救了。"

晚上十点左右，村里已经没了灯光，四处黑漆漆的，我们的车就像是开进了浓郁的墨里，让人有不好的预感。

远远地就看见老戴等在门口。他一见羊就忙活上了，又是塞药，又是打针，最后用了土办法，拿一根小树棍让傻豆衔着，另一只手不停地给它按摩腹部。"羊有三个胃，"他解释，"如果气排不出来就消化不了，胃就撑坏了。"

他一直揉一直揉，不停地换手，可小羊还是吐了舌头，没一会儿就咽了气。

傻豆的离开太突然，等我反应过来的时候，它已经被剪开了肚子。

"撑死的。"老戴说。

那天晚上，我的眼泪一直流，一直流，失去小羊的悲伤笼罩了全身。

"如果你真的有一千只羊，就是要靠卖羊、杀羊为生的，"阿全安慰道，"你要习惯。"

"我不习惯！"眼泪流得更凶了。

养羊是忙碌的，喂草料、喂水、喂盐、喂奶、喂豆饼，赶羊，剃毛，宰羊，接生，卖羊……夏天的老戴每天从游牧点回来吃一口饭，然后又马上赶回草原上去照看着羊去。

养羊是凶险的，得防着狼，防着獾，还有猞猁。猞猁一晚上就能咬死二十多只羊，也不吃，就是咬着玩儿。

养羊也是无聊的。漫漫长日，牧羊人赶着羊一日日重复地在草地上滚动着。牧羊人几乎没有什么别的爱好，放羊的时候也得一直盯着羊群们的动向，这似乎就是他们生活的全部。

我离一位合格的牧羊人，还差得老远呢。

院子的秘密

　　五月的太阳，将院子和小木屋都染得暖洋洋的。无风的时候，萦绕着炉子里飘舞的灰尘，空气却是滞缓的，流动得异常地慢。

　　今天，在院子里翻出了一颗牙齿，像是智齿，有一厘米多长，不太像人的，感觉比大齿还要更大一点，显得更加老成。我捡起它举过头顶对着太阳，四只脚尖尖的，有些不客气地顶着大拇指。

　　透过牙齿是远方的山脊。没有云，天空显得有些灰白。五月的天一日风一日晴，所以想念云朵的时候也不用着急，一般第二天就能有。

　　摩挲着牙齿，把它丢进了小推车中。想了想，或许可能是什么动物吃草，把牙崩掉了？总之还是没舍得扔，捡了回来放在栅栏的平面上。

　　小小牙齿，在这里帮我看家吧。

　　还翻到了一颗青绿色的塑料扣，前面有一朵凸起的小花，和院子里的黄色小野花很像。小黄花从栅栏的阴影里朝着阳光开了出来，杆子不高，却很粗壮。绿色像能沁出汁一样有生命力，花瓣是艳黄色，好像是要和太阳一争高下。

有一些玻璃碎渣，边缘被时间和雨水打磨得不再那么锋利。四五十年前，一定有人坐在这里吹着酒瓶子看过星星。

再往前，土里埋着几个三角形的白色瓷片。是互相争吵时愤怒之下高高举起摔下的？还是被农具不小心打下去砸的？可以确定的是，摔碎的碗一定装着给地里干活儿的人的饭。如果是不小心打碎的，那扎着麻花辫的女孩会红着脸抹着汗说"没事儿，我再给你打一碗来"。

翻着土，还捡到了几个咸菜陶罐的碎片。村里的俄罗斯族人会把各式各样的菜果儿都腌进罐子里，这方面他们真的是奇思妙想的专家。不仅有俄罗斯族传统的腌酸黄瓜、腌橄榄，还有汉族的腌白菜、腌姜、腌萝卜。他们还腌西红柿、角瓜、野蘑菇、野婆婆丁，家里头都是瓶瓶罐罐地放着。

腌制方法也简单，将蘑菇、黄瓜等洗干净后晾干，可以浮在水面上之后就放入干净的瓷坛子里，加入青蒜、大茴香和少许辣椒。另一边烧一锅开水，放几勺盐，待盐化开，晾凉后倒入坛子里，直到漫过腌的菜，最后在上面压块干净的石头。

这么想着，还挖出了玻璃瓶，那一定是酿酒或果酱的。这儿的人可是制作果酱的高手。有"雅各达"（指蔓越莓等各种野果）、"季母亮卡"（野草莓）、"格鲁比霍"（即越橘，俗称"都柿"）、"斯莫罗吉那"（旱葡萄），还有我们院子种的山丁子、稠李子。这里冬季严寒，基本上果子都是小小的，在零下四十多度的严寒里，它们静静蛰伏着，来年又结出新的果子，直到秋天被摘下，扔进锅里熬制，加上白糖，再装进瓶瓶罐罐里。

就这样，我给这个院子编织出了一个童话。
在六十多年前，一个俄罗斯姑娘嫁进了屋，她有着香槟色天鹅绒一样的皮肤，琥珀色的眼睛，睫毛就像风扯过的云。那时候屋子里什么都没有，于是他们从院子里挖来了泥巴，糊起了火炕。

寒风肆虐的夜里，月亮茸茸地挂在了半空上，他们也这样抱着睡了一夜又一夜。

姑娘擅长腌菜和果酱，在那个没有电器的年代，她把秋天的果实全部装进了棕色的陶罐里，压上石头。

这下冬天就不用发愁了。她心想。

一点腌菜，一碗米饭，就是一顿。男人说，咱们屋子前的院子那么大，不如种点什么吧，于是两个人又热热闹闹地翻起了院子。

边境的爱情就像炉子里永远得续添的柴火，没有木柴而冷得发抖时，两个人也会吵架，摔了碗，踹翻了腌菜的罐子，最后全部淹没在了白雪的缝隙里。

春天来的时候，又和雪水一起化进了土里。

人们再也想不起来，那些个难熬的、无聊的、醉醺醺的冬天。

春
夏
秋

菜
菇
果

五月初的这两天，呼伦贝尔的天气才慢慢有了点春天的样子。

雪水滋养了土地，风却吹得毫不留情。铁柱打来电话："要不要和我一起去林子里弄点桦树汁儿？"

开车出了村口，进了老路，再往前一两公里，就是一大片桦树林。春夏秋冬的更迭，树叶落下又滋养了土地，厚厚一层，踩上去嘎吱嘎吱地全部碎掉，是最自然的垫子。

走不多远就能看见粗壮些的白桦树下有一根小皮管子，接着好多小壶。有些壶里的液体只刚没过底，有些都快装满了。铁柱拿起一个壶递给我，"尝尝。"

桦树汁呈半透明状，看上去像椰子水一样。我举起壶尝了尝，桦树汁被太阳晒得有些温了，入喉很软，不像一般的水强势，咂巴嘴是很淡的甜味。

"好喝。"我舔了下嘴唇，赞美道。

"当然了，一年就没几天可收。等再暖和点，抽芽了，可就没有咯。"

在猎人打猎的那个年代，猎人们背着猎枪，身上只带点风干肉，渴了就接点温柔软口的桦树汁，坐在落叶编织的垫子上。

听娜佳姨说柳条的枝也是甜的，剥掉一层薄薄的皮，就能流出绿色的汁液来，甜甜的。

住在小木屋的时候，每天还有新鲜的牛奶。

有多新鲜呢，半小时前刚挤完，带着温度，送到了餐桌上。然后倒入奶锅煮沸，上面形成一层厚厚的奶皮子。根据自己的口味加一点白糖，就能喝啦。早上一杯鲜奶，两片列巴，涂上果酱，早饭就解决了。

准确来说，比起超市的鲜奶，闻着反而还臭一点，甚至有时候煮的时候还得捞出杂草，但入嘴却是鲜香的，也从没拉过肚子。

村里的果酱大多也是自家做的。

秋天的时候，果子是最恼人的东西，因为太多太多太多了，摘不过来，鸟儿就会来吃。于是，村里的大妈们都会三五成群地上山采各种果子。早几年村里还没有冰箱，放不住果子，摘下来的会全部做成果酱。现在有大冰柜了，就会做一部分，冻上一部分，等空闲了再做新鲜果酱。

蓝莓、草莓、树莓、红豆（其实是指蔓越莓），都是做果酱的好选手。稠李子和山丁子也做，还有南瓜，只是不太受欢迎，经常滞销，甚至送出去都被推了回来，想想也挺伤心。

我最喜欢的就是野草莓酱。

和超市里卖的草莓不一样，野草莓小小一个，就小拇指甲盖那么大，但是吃起来的滋味，怎么形容呢，就像是爆浆草莓——鲜美的甜香在嘴里炸开，混合一点点泥土和叶子的涩，吞下肚去，牙齿都还留着籽香，做成的果酱配上列巴真是最美味的早餐。

六月还会去林子采大黄，做成中药的大黄酱，比果子酱还要更养人。

秋天还能摘到列巴花，类似于酵母。把茎和叶煮水做列巴的引子，当地人每次揉面团都会留一点做引子，就是比袋装的发酵粉香得多。

大自然对村民可真好啊，夏天来的时候，林子里就出蘑菇了。

七月初的时候林子就会有口蘑冒头了，当地人叫它"雷窝子"，也不知道是不是打了雷就会出来。还有"马粪包"，这种蘑菇可以止血，掰开就会冒烟。所以小孩总是采了后捉弄爸爸妈妈，免不了一顿胖揍。

也有毒蘑菇，毒蘑菇总是长得特别好看，娇艳的红色带着可爱的白色圆点，却是万万不能吃的。

九月也会有一些蘑菇，但最多的还数八月份。立秋之后，雨水很多。有一次去村民家串门，碰巧看着他开皮卡回来，满满一斗的蘑菇。往下卸车的时候一篮筐一篮筐地往下搬，蘑菇的味道就飘浮在空中，香得不行。

他采的蘑菇有牛肝菌、云盘蘑、花脸儿、白花脸、紫花脸等，白蘑菇少一点。草地蘑是村民公认最好的蘑菇，可以炖小鸡、炒白菜，香得不得了。蘑菇采回来也不用洗，摘掉干草和叶子，完整的都会晾干，不完整的直接切丁做蘑菇酱。村民见我扒拉着门偷师，一口答应送我几瓶。这野蘑菇做成的酱拌上饭，一顿可以干一大碗。

随蘑菇生长的还有耗子花，有白色的、蓝色的，村民会采来泡草药酒，哪里疼，搓一搓马上就好了。

最近是春天，各种植物都在忙着发芽，林子里就有好多野菜。比如柳蒿芽啦，鸡翅膀菜呀，蜇麻子、婆婆丁、蕨菜、四叶菜、荠菜……多得不得了。摘好的野菜洗干净，简单焯一下，滴上点儿酱油，拌点儿香油，再撒上芝麻就能吃。芍药的尖尖也是当地人爱吃的，只是现在野芍药越来越少了。

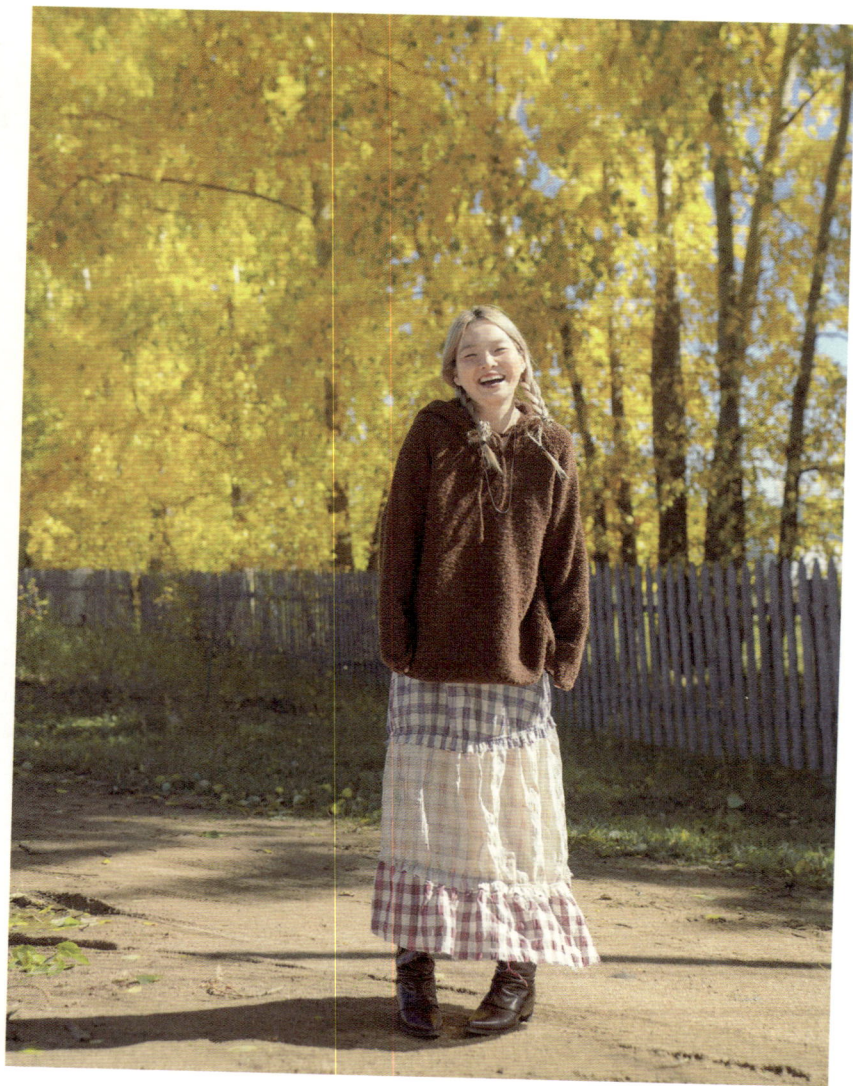

流浪小木屋

野菜饺子就容易得多了，在春天大受欢迎。四月底五月初的时候去蹭饭，能连吃一星期不一样野菜口味的饺子。

从前，我只想要面朝雪山，背靠大海的小房子。可直到我真正住在山边，才发现这是多么幸运。

我们总在电视上听见说"感谢大自然的馈赠"，但是当时我们所知道的，不过是从自然里搬运消毒后灌装的矿泉水、洗净处理干燥后的菌子、木头做成的纸浆，等等。

可实际上，大自然比我们想象的要慷慨得多。大麦和葡萄可以做白酒和红酒，牛奶、鸡蛋和白糖可以做成雪糕，甚至可以用松树油熬制成口香糖，柔韧还不粘牙，当地叫作"谢拉"。

大自然赐予我们建造房子的木材、每日生活所需的水分，赐予了我们可以种植的黑土，甚至是阳光、雨水、渐高的气温，每一样都让我们感到新鲜和知足。

我们可以不是人类本身，可以是星球上的一棵树、一朵花、一粒果子，是杯子，是酒，是碳酸饮料冒出的气泡。

我们是每一个瞬间。

自然，可真好啊。

第二章

邻居们

小木屋和

幽灵饭店

在冬天的呼伦贝尔，吃饭可是头等大事。

当地一般一天吃两顿：早上八点半天才蒙蒙亮，十点多起床，煮点小粥或下个面；下午三四点再煮个饭。如果要吃第三餐，就晚上八九点了。可是当地的日子困倦又无聊，七点左右就倦得不行，八点就躺进了温暖的被窝。被窝多好啊，提前开上电热毯，洗了脸和脚，钻进去便得到了超级温暖的拥抱。

洗澡？那是顶奢侈的事情，一周才有那么一回。

可是在冬天，整个恩和乡只有两家饭店在营业。

一家店的店主叫沙米尔，回族人，就是我在后面会提到的熊大哥，长得高高壮壮，大肚皮，是个爱蹭无线网的家伙。他们家别的吃食我不知道，面是好吃的，分量又多，我和阿全两个南方人点一碗面就吃得顶顶的了。

还有一家叫农家小院，主人是爽朗的大姐，老板是当地供电局的，他们合伙开了这么个店。

柜台前放着各种泡酒，什么蓝莓酒啊，沙棘酒啊，人参酒啊。我拿了个小杯说能不能尝一点，谁知道老板娘大手一挥："随便喝！"

结果呢，光是试喝几口就醉得不轻，摇摇晃晃的，感觉菜怎么越涮越多。

冬天大家都来农家小院吃涮羊肉，六十一斤，蔬菜二十一盆。十一月我去吃的时候正好赶上乡里装电，冬天能住的民宿不多，电工们都住在这儿的大厅里。整个大厅靠窗边的位置摆满了简易床，大厅里散发着一股脚丫子味，味儿还挺重。还好我喝醉了，羊肉的味道盖过了一切。

其实还有一家不错的俄餐，整个呼伦贝尔除了卢布里餐厅，就数卓娅家最正宗。虽说是家庭餐馆，但因为卓娅是地道的俄罗斯族，烤猪排配着伏特加，饭点总是座无虚席。

卓娅是位红脸蛋的小老太太，特别爱笑。秋天的时候有同样做自媒体的朋友来，大伙儿凑着吃了一顿饭，饭桌上大家也不会什么，就唱起了生日歌，没一会儿卓娅就送来了一大盆鸡蛋面。

她搓着手说："我刚刚听你们谁过生日，姨做了碗面，祝你们生日快乐。"

大家面面相觑摸着鼻子接下这碗面。

后来大伙儿都喝多了，客人也走了，卓娅就把钥匙留给了我们。"吃完记得锁门。"她关照着。

可惜他们只营业到国庆，收拾收拾屋子，放干净暖气片里的水，差不多就到十一月底了。

村里还有一家酒吧，名字还挺有意思，叫"弗拉基米尔"。名字就是男主人的名字，他和媳妇儿的相遇还是村里八卦之一。弗拉基米尔是锅里的堂弟，他住在乌拉尔河边，有个漂亮的俄罗斯风格老房子做民宿，只是没有招牌也不宣传，几乎没什么人来住。

有一天他小姑家打电话来，让他接待一个女孩，因为她家的民宿住满了，算是推了个客户过来。

"她看我长这样不得害怕啊。"弗拉基米尔说。俄罗斯族的外貌除了高鼻梁深眼窝，胳膊上还长着长毛，像是戴着毛袖套。

顾客来了，这位顾客是位老师，斯斯文文的样子，却在门口吵红了脸："明明订的是你家，为什么要去你侄子家？我不去！"

弗拉基米尔就是这个时候来接这位老师的。她正吵得面红耳赤，一扭头看到这个俄罗斯族小伙，愣住了。

"怎么是你？"

"你怎么在这儿？"

两个人异口同声。小姑一问才知道，早些时候老师在村里问路，正好是弗拉基米尔指的路。这架是吵不下去了，小姑适时打破两人之间的微妙沉默，对老师说："那你就去看看，不合适咱再说。"

老师却说："不了，我就住他那儿吧。"

住进小屋，两个人的气氛不免有些尴尬，弗拉基米尔还穿着白色的背心，戴着"毛袖套"。他边套上衣服边不好意思地说："你想去山里采蘑菇不？"

姑娘点点头，他就骑来一辆摩托，女孩坐在后座把他的腰抱着。

那是夏季初始，山里还没什么蘑菇，弗拉基米尔却找到一个马粪包，掰开就会冒烟那种，突然撒到了她头上。姑娘一愣，见他笑个不停才明白出了糗，连忙去跑着追弗拉基米尔要打他，把山林里的鸟儿惊得飞起。

弗拉基米尔还烧得一手好菜，每天四菜一汤，一时间过得竟像是甜蜜的情侣。

小姑后来忙得把他们忘了，等想起来以后已经是一星期后的事，他们一前一后牵着手出现在了她的面前。

姑娘羞红了脸，比恩和夏日傍晚七点的晚霞还美。

没有饭店的时候怎么办？这里离大型的菜市场有六十多公里。为了方便生存，我们只好去超市随便糊弄着解决。

说是超市，其实大都是商店。

这个村子一共有五家超市：宏宝、金帝、素珍、宝宝，还有一家我一连问了三个本地人都不知道叫什么名字。大家都好像不记得这个超市了，仿佛名字消失了一样，连地图上都没有标注。

可它却真实存在着，很魔幻。

后来有一天沿着主街特意去找了一眼，它的名字是"国梁超市"。这名字真正气！

宝宝超市的店主叫王宝宝，我特意问他："你就叫王宝宝吗？宝宝的那个宝？"

"嘿嘿，是啊。就是那个王，就是那个宝。"

有意思的是，每个超市都有一个奇妙的圈子，最表象的呈现是都会组建五百人的微信群。

恩和有很多微信群，什么边境酒店管理群、便民服务群、高速八卦群、低速八卦群。村里的信息流通全靠这些，要是谁家有喜事，或是要摆酒、要搭车、要捎货，都在群里发。就连谁家的列巴出炉了也会在群里发，村民们开着车就去人家门前等着。

所以即便超市都关了，每家每户都是小卖部。

可这些还是不足以度过漫漫冬季，毕竟这里的冬天长达五个月。

"这有啥，谁家菜烧多一点，一个电话叫上好几个朋友凑一桌，热热闹闹的。有时候是火锅，有时候也有俄餐，这不和上饭店一样嘛。"

在寒冷的呼伦贝尔，能少烧一顿饭、少洗几个碗，也是惬意的事情。

没错，这就是村子里的幽灵饭店：它不知道会出现在哪儿，而且有着自己的脾气。有些人还不爱去，有酒也不行，非得"饭店主人"开着车特意把人拉回家，吃完还得给人送回去。一定要带棚子的真车，三轮车不行，零下四十度骑回家，脑壳也太冷了。

毕竟，去人家里一趟真不容易，得穿上一层又一层厚厚的衣服，开车还得脱掉车子的"大棉袄"，有时候还打不着火。生起气来，嘻！不去吃了！

胖大熊
沙清安

因为村子里大部分的农户家里都没有无线网，有时候要收发资料，就会去沙米尔家，没错，就是之前说过会蹭网的那只"大熊"。

来到他的店里，光提着电脑干坐着也不对，我就想着开个小灶吃点儿吧。点了一盘炝土豆丝，还想来个汤，可菜单上没有。

"要不我给你做一个？俄罗斯族的酸菜，自个儿腌的，加点粉丝，加点羊肉。"

"能……换牛肉吗？"

"牛肉就不好吃啦，没油。放心，一点都不膻，沙老头给你保证。"他一手搭着肚子，笑着说道。

得到一头熊的保证可不容易，我喜滋滋地坐下，这可算得上是隐藏菜单呢。

沙叔是回族人，所以面做得特别好吃，蓝莓酒也是自己酿的。要说拿手好菜，听说是烤羊排，不过我还没尝过。

"菜都是我自己琢磨的，"他说这话的时候多少有些得意，"你的炝土豆丝里加了甜洋葱，平时我还会加点芥末或胡椒粉，更得劲。"

沙叔是海拉尔人，1992 年的时候房子拆迁，拿了二三十三万元的拆迁款。

我一惊："1992 年二三十万，都能买一套豪宅了！"

"二三十万呀，可不得想让它变得更多嘛，就给造没了，"他哈哈一笑，"你看现在四五百万都不是钱，你得拿它造钱，拿它生钱，那才是钱。"

"后来呢？"我问，对于这些小事儿总是很热衷。

"（19）94 年去了大连，去小姨家帮了三年忙，那时候是跑大车的，接着就转行了。"

"开饭馆？因为做饭好吃？"

"为了生存嘛！哈哈哈！！"他大笑着往后仰，像极了一只蹭着树干挠痒痒的快乐的黑熊。

沙叔的馆子是 2008 年开的，到今年已经是第十六年了。

刚来的时候，也算是刚创业，租了一个小房。那时候恩和的旅游业刚刚发展，还是沙石路，来镇上吃饭的只有大巴和当地爱喝酒的村民。

"那时候房租是一年三千五百块钱，一个月就两百多块钱……"他掰扯着手指回忆道，"但地方也小啊，连客厅带厨房不超过五十平。你可别小看这小破店，我做了五年，几乎都推不开门。"

他说的"推不开门"，是说生意太好了，人多的时候，碗筷都来不及洗，桌子一收拾就得迎接下一桌客人。

沙叔赚了钱，在 2014 年末就搬到更大的店面，生意越来越好。

"听上去你开店也没吃什么苦。"

"你这坏蛋，还想着别人吃苦！"他略低下头，眼镜稍稍滑落，"当然吃过苦啊。就说刚创业那会儿，我们也没另外租房子住。每天客人走了之后，就拿抹布把地砖一擦，就在地上睡。这多冷啊，先铺上毡子，再垫上褥子、电热毯，还是飕飕地冷。后来房东也眼红，房租一下提高了一倍，我们就搬走了。"

沙叔见证着恩和旅游业发展的十几年，可以说是与当地的旅游业共同生长。

我不禁感叹："你在这儿待那么久，这村里还有没有老牌的店？"

"那不还得是我家！"他拍着肚子大笑，露出两颗略大的门牙，"对面素珍超市也老牌，算是最早的超市，所以我天天蹭他们网啊，这不显得我们两家亲近吗！"

后来沙叔告诉我："其实沙米尔是我儿子的名字，他在额尔古纳做二手车呢。"

"嗯？？那我叫错了这么久，你怎么不纠正我？"

"哈哈这不是一样嘛，我叫沙清安，反正都是沙子，我们都是人间的沙砾。"

我愣了一会儿，出了门，回头看了看餐馆，他正收着桌子，把餐具拿到锅炉房，又慢慢地熄灯。

才五点，天已黑透，夜色漫长，风吹起路上的雪粒。

是啊，我们都是万千沙砾中的一粒。

沙叔胖胖的肚子里，藏着很多真理啊。

流浪小木屋

五味杂陈的人生：锅里先生

大家都说，如果要听故事，一定要找锅里先生。2022 年的最后一天，我终于见到了他。

他个头儿不高，肚子有些大，头发短短的，眼睛漂亮极了，浅棕色的眼睛微微发绿，是最好的春水；边上一圈却是蓝色的，像是天气好的时候透蓝的天空。

锅里先生拥有着全村最小的民宿。倒不是房子有多小，房子有六个房间，一楼两间，阁楼四间房。但他却固执地每次只接待一家人。

"那为什么有六间房？"

"一开始当然还是想多接待点人，可是因为木屋隔音不好，走路啊说话啊都能听见。大凡是个人都有点儿自私性，自个家的人怎么闹都没事，客人住在这里就会觉得有些烦人。所以我只接待一家人，虽说赚得肯定少点儿，但这就是我的经营模式。我的民宿在网上评价好极了！"他有些骄傲地挺了挺肚子。

二十六岁时，锅里在海拉尔的银行上班，当时一个月四百块钱。第二年他开了一家小修理店，一天就能挣一千块钱。

　　在海拉尔待了八年后，他离了婚，因为弟弟在俄罗斯的缘故，他也去了俄罗斯的林场工作，在那里又待了八年。他和第二任妻子娜塔莎就是在那里认识的。

　　娜塔莎平时给林场的职工们做饭，眼睛停在了锅里这儿。他不抽烟，喝酒适量，挣得又多，于是她找了个当地的翻译："你问问这个小伙儿有没有媳妇儿？如果没有，我给他当媳妇儿行不行？"

　　"这也行？！"我不禁失声问道。

　　"在俄罗斯，结婚几乎都不领证，双方愿意就可以在一起生孩子。"[1]他说。

　　就是这样直截了当的爱意，在当时锅里的心里开出了花。那时候的锅里每天开着大车，接触的除了直径半米的粗壮木头就是比木头还要木头的伐木老头。在他最无聊、最寂寞孤独的时候，这个俄罗斯姑娘娜塔莎给了他温暖和抚慰。

　　娜塔莎是俄罗斯少数民族达达里，有着漂亮的褐色眼睛；一米六八的个头儿，瘦，站立却有筋骨，一头长发及腰，走路的时候像一头漂亮的驯鹿。

　　她特别贤惠，干活儿的时候头发用手利落一卷，锅里在家几乎什么都不用做，她就像田螺姑娘一样把一切都能料理好。"我们家有十五六头牛、七匹马、两只猪，还有一条狗，所有活儿都是她干。所以平时她就穿着粗布的脏衣服，只有要出门才会换上干净利索的牛仔裤和 T 恤。"

　　锅里和娜塔莎有一个儿子。提起儿子他高兴了，拿着手机翻了好久，给我看照片，金色的头发，眼睛是棕黑色，很机灵的一个小男孩。

"可是我已经有很多年没见到儿子了。"

"为什么？你没再回去吗？"

"他现在的父亲也是我当时的邻居，不让我见他，也不让我给他打电话。最后一次见到他是五岁，现在都十四了，已经是个大小伙儿了。"

拉木头的活儿枯燥且漫长，有时候一走就是五个月。家里的活儿多，很多铲草、喂牛羊的活，邻居总来帮忙。加上老丈人一唆使，娜塔莎就嫁给了邻居。后来邻居和娜塔莎有了新的孩子，也是个儿子。

我心想着，锅里在那里应该很没有归属感吧，所有的亲人遥远且生疏，隔着额尔古纳河遥遥相望的家乡，仿若两头都不是自己的家。

但他真正回到中国是因为一次意外。

那天家里人托邻居给林场打来电话，说锅里的儿子出生了。于是锅里买了鸡腿、熏鱼，驱车一千公里赶回家见见出生了七天的儿子。

然而，就在半路出了事，卡车上的巨型木材掉下来，刮下了锅里半边胳膊的肉，弹开后又生生打折了他的腿。他眼前一黑，就什么都不知道了。

如果晚几天或早几天知道这个消息，如果木材没有掉下来，如果腿没有受伤……可能锅里至今还在俄罗斯，他的儿子能经常陪伴着他喊着爸爸，娜塔莎和锅里也许会有新的小孩。

可是这个世界上最单薄的两个字，就是"如果"。

锅里的腿在俄罗斯没有得到妥善的治疗，加上黑心的老板不仅分文不赔，还辞退了他，于是，他又回到了恩和。

恩和这个村子年代久远，都是传统的木屋建筑，村里没有游戏厅，没有美甲店，甚至连个洗澡的地方都没有。想要洗一次热水澡，得开车去一百公里外的额尔古纳。

其实锅里清楚地知道自己的生活并不如意，但他仍得意扬扬地说："还没把我打倒呢！"

因为腿耽误了治疗，走路不免还是有些一瘸一拐，大家都说他"废了"。

"如果砸到腰上，那不就瘫痪了吗？我多幸运啊，只是一条腿，我丢得起。"

他养了一只花斑狸猫，脑袋很大，但边角很利，耳朵和毛的边缘都像是利落刀锋削过一样，看上去小模样还挺异域，但性格又极温柔。

"和你很像。"我说。

他告诉我，是因为母亲喜欢猫才养的。

"我妈没了三年了，"沉默了好一会儿，他说，"但其实她刚走的时候我并没有多大感觉，因为从小到大，她老管着我，不让我干这不让我干那，那时候就觉得特别烦。"

大概十六七岁的时候，锅里家养了上千只鸡，那几乎是他整个童年时代最辉煌的时刻。

可还没高兴多久，一场鸡瘟席卷而来。他们只好把千只病鸡扔到哈乌尔河里，顺着弯弯的水漂走了。

锅里父亲还病弱，到最后几年，家里把所有的牛啊羊啊马啊都卖了治病，可最后也没治好，人财两空。"每年的收入都给爸爸看病，上海、天津、北京都看遍了。后来大医院看不好，信江湖大夫，开一服药就要几千块钱。"

最后，他的父亲在 2000 年去世了，从此脱离身体的苦痛，去了更轻松的远方。

所以小锅里记忆中的家，就是没完没了干活儿的母亲，和浸泡到门缝毡子里的药味。

"直到母亲没了一年以后才慢慢感受到孤独和忧伤，那是有一天，我像往常喝了酒回家。也不知道是怎么回事开口就叫了句'妈'，叫完我自己都愣了好一会儿。因为小时候不管多晚回来，我妈都会给我守着门。

"小老太太还舍不得开灯，就着火光等啊等，有时候等到凌晨一两点，就是固执地在屋里等你。

"现在……再没有这么一个人了。"

"其实我妈非常喜欢猫，但我又特别讨厌猫。所以每次看到小猫我就想起她。你说她看似什么都没给我留，实际留给我多大的影响：没有猫，想走哪儿去就走了，现在多了个牵挂，反倒真的离不开家了。"

一个非常不喜欢猫的人，养了一只大公猫，而且养得还挺肥。

他说着，我突然想起了自己家的小老太太：脾气特别臭，嘴巴特别坏。可是青春期故意回家晚的那些个日子，还没等我打开铁门，她就穿着拖鞋拉开了内门，什么也没说，又钻回了被窝。

那些个晚上，她到底听了多少个脚步声，才等到了她想要的那个脚步啊。

1　在俄罗斯，虽然双方自愿就可以开始共同生活并生育孩子，但经过登记的婚姻能够享受更多的法律保障。——编辑注

龙叔和卓娅的悄悄话

　　卓娅就是前面说的俄餐厅的老板娘,我管她叫卓姨。第一次见她和龙叔那天是呼伦贝尔的秋天,大地铺着金黄色的外套,天空澄明,万物丰盛。那个季节,我在恩和认识了许多新朋友,大家的开心直冲云霄,像是要捅破天似的在卓娅餐厅碰杯吃肉。店是俄罗斯风情的,不大,就摆着六张小桌。

　　龙叔不姓龙,是属龙,大概大伙儿觉得"龙叔"比他的本名大气,就都叫他龙叔。龙叔和卓娅都是20世纪60年代在恩和出生的,土生土长,到现在也没有离开。

　　"你和龙叔啥时候认识的?"
　　"从屁大一点就认识。"
　　"那不是青梅竹马吗?"

"我俩是初中同学，但那会儿说话都很少。"

　　据卓娅说，龙叔整天穿一件俄罗斯大衣，草绿色呢子，上面缝着单排的皮质大黑扣，纽扣就像村里姑娘最黑的眼珠子闪亮。再戴一顶乌克兰帽，里外都是深灰色的水貂毛，中间有一道棕红，护着耳朵，风度和温度兼备。

　　但你们别看他得意，据说还因为拌嘴"离家出走"过。

　　由于冬季漫长，纬度高，白天短，气温极寒，大家都愿意在这会儿喝点小酒。可总喝也不行，喝多了媳妇儿生气。卓娅一生气，龙叔也气："连酒都不让我喝，我现在就离家出走！"

　　"你走就走，走了就别回来。"

　　卓娅一看他头也不回地真走了，三分生气七分担心，但只是叉着手往床上一坐，气老头真的走了，气天那么黑，气雪那么大。

　　没坐二十分钟，她还是没忍住，担心他真的喝多了在雪地里睡着。于是出门猫着身子一望，发现小老头儿竟哪也没去，就坐门口车里看手机。

　　卓娅气得笑出声来，心安理得地迈着小步子回到了里屋。没一会儿，龙叔就一身寒气打开门，脱了外套后坐在了床上。

　　卓娅拿脚一踹："你咋没去别人家？"

　　"去别人家干啥，我就在外头脾气消了就回来。"

　　"后来再出走就不在乎了，爱出走就出走。"卓娅得意地笑着，眼睛里撒了一把漂亮的星星。

　　村子里的俄罗斯族早先贫穷，大都养牛羊过活。为了脱贫，额尔古纳市扶持着发展家庭游。因为有一万元补助金，龙叔心动了。

　　2006 年，这个中俄边境的小镇还没有马路，都是土道，几乎满街都是牛，一脚一个牛粪，避都避不开，就和印度差不多。

　　卓娅和龙叔的小旅馆开张了，有六张床。因为村子偏僻，刚开始当然生意不好，头一年顶多只有两千元的收入。

很快，补助金就花光了，旅店也没什么起色。"不然，搞个餐馆得了。"龙叔的妈妈提议道。她在满洲里开俄餐馆，生意做得有声有色。村子里还没有俄餐馆呢，龙叔和卓娅一商量，把家里所有的牛都卖了，把屋子简单装修了一下，卓娅俄餐厅就这么张罗起来了。

谁知他们做旅馆差点儿意思，开起餐厅来却是风生水起，餐厅里的座位一年比一年多，经常去了都没有地方坐，只能在院子里的亭子里凑合凑合。

平时去吃饭，奶酪包是一定要点的，切开就是滚烫拉丝的马苏里拉奶酪。接着就是俄罗斯烤盘肠、布林饼、罗宋汤、烤猪排，还有他们家自己腌的肉和酸黄瓜，里面还会放一些稠李子和葡萄叶，"细品就能品出不一样的味儿来了"。

以前卓娅还会自己打列巴。"弄不着木材了，一定要那种有年份的白桦木烤的才好吃。"龙叔强调。

不仅是列巴，桦木烤的无论是鸡排还是猪排，都有独特的味道。

还有一件事龙叔特别喜欢，就是宠女儿。

结了婚有了孩子后，没事他就喜欢上街给女儿买小东西，奶糖啦，糕点啦，玻璃珠什么的。每次去城里办事就喜欢给她买鞋。左挑右挑，挑到服务员都不耐烦了。到家之后，就若无其事地把鞋盒放在进家门最显眼的桌子上。女儿一放学回来看到，就开心得像小喜鹊一样叽叽喳喳。

"你别乐了，"龙叔捂着耳朵，"太吵了。"

小姑娘就憋着，捂着嘴脚却一个劲地踮来踮去，左右抬脚不停地看。

因为疼女儿，她出嫁的时候，龙叔哭成了泪人。

"心太软，没办法。"

除了喜欢女儿，就是喜欢钓鱼了。

夏天没事就去向阳村的大河边，不知道是这儿的鱼一冬天饿得太傻还是他钓运实在是好，一天能钓上个七八盘。

有柳根鱼、华子鱼，还有不知名的大鱼。有时候还会带着锅，饿了就炖鱼，就着带来的肠儿和啤酒美滋滋地喝上一口，总之龙叔虽然总往外跑，但谁也饿不着他。

就是这样一个看上去粗糙但内心柔软的男人，惯着宠着卓娅这么多年。虽然卓娅嘴上总嫌弃着，但两个人从来就没有分开过，再苦的日子也打打闹闹过到现在。

走的时候我凑过去："卓姨，龙叔，说句肉麻的话吧，平时开不了口的那种。"

卓娅说："你岁数大了，要好好保养自己的身体，多陪我几年。老夫老妻了，就这样互相搀扶着过呗。"

龙叔把胸脯拍得咚咚响："还能说啥，我就是她了的呗！再坚持三十年，平平淡淡过到九十！"

小发条

机器人

买下木屋的这一年多光景，来回了村子十八趟。

动心是一瞬间的事，上午在骑马，下午就开始看房，第二天就看到了心仪的房子，付了定金。

我们的木屋在村子里算是很大的，在主街上，对面是村里唯一的酒吧和呼伦贝尔有名的俄餐厅，还有列巴房和旅馆，步行可到的超市，生活上可以说是相当便利的。

只是村民似乎始终把你当外人。

大概是外地人总喜欢来村里"抢生意"，但偏偏能把生意做得风生水起，让人眼红。所以当地人虽然热情，却始终有着说不清的距离感。它就像一堵钢化玻璃墙，像冰块一样透明干净，看着很亲密，但就是隔着一层东西。

　　我们家屋子里有一口浅水井，装修打头那几天，不知道是不是冻住了，突然抽不出水了。

　　有人给我出主意："大概是冻上了，需要拿开水烫开。"

　　本来我也没往心里去，因为对这口井也不满意，直到听说打井要两百块一米，随便打口井都要几千块，就想着无论如何也要把这钱省出来。我和好几个村民说这事儿，大家都满口答应，说得空来家里帮忙，结果等了三天，没一个人来。

垂头丧气去河畔家的木屋蹭网。他们家的小女儿陈晨听说了这事，说："找我爸啊。"

"你爸在哪儿呢？来了这么久，我都不认识。"

"就那个，"陈晨拿手一指门外，"平常穿背心迷彩裤在院里干活儿的那个。他在那个屋和朋友喝酒呢，你和他说吧。"

原来我见过陈叔，他总是提着各种工具，低着头在院子里来回走，修修这个，补补那个。话很少，走路会微微低着头，头发有些爆炸，像一个小发条机器人。

脑子里有了形象，我就找他去。我对他说屋里井不出水了，他说："明天我看看去。"虽然他这么说，但是我也不抱希望，毕竟夏天村子里的人都很忙。

结果第二天，他提着管子和一大壶刚烧好的开水就来了，见到屋里有工人，一下子把管子藏到身后。他四处望了望，"井呢？"

阿全没想到陈叔真的来了，还带着工具，有些哭笑不得地说："之前找了好多人没来，刚才工人浇水泥的时候就给它填掉了。"

后来再见到几次，他还是在他们家院子里提着各种各样的工具。我笑着打招呼："陈叔！"

他笑着点点头，又低着头走远了。

阿全因为给木屋装修，在村里住了两个月。走之前我和陈晨说："阿全不会做饭，你们吃饭的时候能捎上他一口吗？他自己一个人总忘了吃饭，麻烦你们帮我照顾他一下。"

"来啊，我叫他。"

据阿全说，自那以后，每一天的中午十二点和傍晚六点，只过了一分钟他家就来电话了。

"快来吃饭！"

大概情谊就是这样一口一口吃出来了，那面墙也变得越来越薄。

秋天一过，村里的游客就消失了，村民也准备着放水、关电，去城市里生活，而陈叔一家却都没动。

"你们在城市里也有房，为什么不像大家一样回去住？"

"那不是得管着你们饭嘛。"

我就被逗笑了，明明是开玩笑的话，笑着笑着我突然想，会不会陈叔说是真的？

日子一天天过去，酒一杯杯地喝着，呼伦贝尔的冬天来了。

我再一次回来的时候，陈晨发来信息："回家吃饭吧。"

我看着信息愣了好一会儿，突然觉得那面墙像五六月哈乌尔河的冰面，变得更薄了。

有一天，吃饭的时候电视上放着"烤冰溜子"，就是东北人开发的新菜色，烤冰块撒上孜然和辣椒面。

吃完饭出门，我随手把了根冰溜子往阿全的羽绒服上戳，一不小心戳断了。我随口一说："要是有把长剑就好了。"

陈叔一听，回头答道："长的冰溜子啊，咱有的是！"

他把我们领到后院，在信息收发塔附近屋檐下结着好长好长的冰柱，陈叔徒手扒着杆子，就爬上了屋顶给我取"宝剑"。

我的心一下绷得紧紧的，"别拿了，别拿了，叔！太危险了！"

"没事。"他毫不在意地回答着，一只手扶着墙，另一只手就把最长的冰溜子揪了下来，笑着塞进了我的怀里。

阿全凑过来小声说："陈叔可能是把你当成了女儿宠了。"

抱着我的"剑"，心窝子都是热乎的。

我们在这边看雾凇、坐爬犁、逛林子也都是陈叔带我们去的，像宠自家孩子一样宠我们。

前面我写过，在十二月的呼伦贝尔本来是看不到雾凇的。但我们愣是在陈叔的带领下，在北山山顶，看到了绵延几千米的雾凇。

天是湛蓝的，所有的枝丫长着白色绒毛。我们躺在雪地上，觉得好幸运。

而这种幸运，是从时间里偷来的。如果没有人带着我们，如果风再大一点，如果那天晚上吃饭没有看到陈叔给娜佳阿姨拍的雾凇照片，如果陈叔没把我们的话放在心上。

下山我们坐上车，问陈叔："原路返回吗？"

"走啊，滑爬犁去！"

我顺着他的眼神往后一看，只见车子的翻斗上有一个黑乎乎的铁爬犁。

其实刚见面就看着了，"这不是拉柴火的吗？"我好奇。

"也能拉小孩儿。"

结果，我体验了一把比迪士尼还刺激的过山车。

"还玩吗？"

爬犁需要人力拉上山，这百米的山坡，在极寒下要走十几分钟。我看陈叔鼻涕水都冻出来了，心里虽然痒痒，但还是摇着手，"不玩了，不玩了，回去吧。"

"真不玩了？"

"不玩了，不玩了。"

怕你累着，我心里想着。

2023 年年底的一天，陈叔来我们家吃涮锅子，喝了两杯，回去的时候有些晕乎，衣服的拉链拉不上，阿全微屈了身子就想帮他拉上。

那一刻我突然意识到，这是亲人之间的动作，只有很亲密的人才会这么做。

我们一直在想怎么打入村民内部，没想到村民先撞进了我们心里。

夏天的时候，陈叔像个小小发条机器人，拿着工具来回在院子里忙活，话特别少。但一喝酒就爱说话，爱笑，所以我们也特别喜欢和陈叔喝酒，但是我们有个默契，"就一杯。"

他从不劝我们，喝开心了就行。

他特别准时，约好了时间，过了一分钟就打电话过来，慢慢地我们也会把闹铃提前几分钟。

阿全在陈叔家蹭了两个月的饭，陈叔和娜佳阿姨记得我们所有的挑食："不爱吃瓜，不吃鸡蛋，不吃羊肉，喜欢吃土豆儿……"

所以他总是高高兴兴地招呼我去他家吃炸土豆。对了，他还会炸薯条给我吃，用的土豆都是自家种的，粉得不得了。

人类最真挚的情感，是真诚的爱。

我从没想到在一个陌生的村子里会孕育出这样朴实和亲切的爱意。

或许我们并不是害怕社交，怕的是没有被真心对待。

爱是天上的月亮，对于大部分星星来说，它离我们很近，实际又很远；

爱是壁炉中的火焰，是打开门会熏眼睛的灰烟；

爱是一次次炉子上做的热乎饭，饭桌上有人笑着对你说，"回来了。"

真心难得，真心可贵，真心换真心。

驯鹿少年

阿敬

认识阿敬就是冬天的事儿。

因为想进山里找驯鹿，找到了当地达斡尔族的男孩阿敬。他长着一张很有少数民族特色的脸，有着强壮的体格，分明的轮廓线；长头发，自来卷，剪成了到肩的两层分割；眼睛不大，任何灰尘脏污都跑不进去。

他身穿反绒皮的外套，脚踏皮靴，见到我们，他张开双臂抱住阿全，大力地拍他的背，"兄弟，来啦。"

我在一旁偷偷地笑，零下四十度的室外，阿全被捶得脸都红了，想说打轻点儿又显得有点娇气，就干笑着忍着。见到我，他克制而礼貌地伸出手，"欢迎你们来。"

他开车带我们进入大兴安岭的深山里。进了林区，天色就开始暗下来，隐隐地飘着雪，一下子就分辨不了时间了。

阿敬把车开得飞快，我们在后面紧抓安全带。他见状安慰我们：

"别害怕，这条路我每天开。"

"送游客吗？"

"不，就是因为冬天没有游客，为了照顾驯鹿，我霞姨就和鹿一起住在深山的猎民点里头。我每天给他们送点吃的，他们没有车。"他回头解释道。

"看路看路！"正遇到前面有个大拐弯。

"哈哈没事儿，这路我熟。"阿敬边说边轻点刹车，拐了个弯，车速在雪原上慢慢下降。

进了林子，就听见有闷声敲击的声音，"这是霞姨用鹿蹄壳做的皮盐袋，到了吃盐的时候啦。"走过弯道，就看见十几匹驯鹿围绕向一个红脸蛋的女人，争着想舔舐盐分。

"再早些年，猎民都是用木头敲树，能传出去很远，鹿们听到就会来。"阿敬解释。

"干妈！"见女人从山坡上喂盐下来，他挥手打招呼。

"来啦！"两个人见着了面，伸出双手拥抱。

驯鹿喜欢吃林子里冰雪下的石蕊，为了照顾它们，霞姨和丈夫也搬进了林子。冬天他们就一直待在深山里，为驯鹿制作自然界缺乏的矿盐和豆饼，用熏烟的方式为它们驱赶蚊虫，还要照顾母鹿的宝宝。

"驯鹿是没有上牙的，你看。"阿敬撒了点豆饼在手上，驯鹿们都簇拥了过来，上唇蠕动着，却丝毫不会伤着人的皮肉。

"所以驯鹿是不会伤人的。"他搂着一只白色驯鹿的脖子，挠了挠它的下巴说。

鄂温克族与驯鹿的关系非常紧密，他们也养过马，但到了冬天进了林子，马不是饿死，就是冻死。而驯鹿就不像马那样娇贵，它们擅长在深林里行走，不管是泥泞的小道、乱草丛，还是积雪覆盖的山坡，它们都能如履平川；饿了就扒拉苔藓，渴了就吃雪，还能在森林里找蘑菇和嫩树条。养驯鹿只要准备好盐和豆饼就行。它们不仅能驮家具，

流浪小木屋

还能驮人。好多年前，我曾在一个边境部落骑过驯鹿进山，简直就像幽灵公主一样。

深山里的居住条件并不好，就是一顶棉帐篷，里面烧着暖炉。

以往鄂温克族男女有着自然的分工，男性一般出去打猎，除此之外还需要搭撮罗子、做桦皮船、打铁器、编织渔网、做滑雪板、劈柴、处理打到的野兽之类；女性除了家务，还会熟皮子、摘野果、缝皮裤和皮靴，还要找驯鹿。

而现在猎民下了山，如果只是养鹿，男人就帮不上什么忙。山里不能抽烟，信号又不好，男人们就嚼"一米从那"，也就是口烟，随时含在嘴里。除此之外，也没有别的乐趣。

养鹿的生活比草原上的生活还要无聊，我心想。太阳和月亮是他们生活的时钟，"日出而作，日落而息"在这里显得如此具体。

在霞姨那儿用过了午饭，我们就往回走。阿敬问："想不想看熊窝子？"

"不会是我想的那个熊窝吧？"

"就是那个。林子里的熊都'蹲仓'了，我知道附近有一个，它们留一个小洞用来呼吸，能看到黑熊。去不去？"他跃跃欲试。

"那熊突然醒了怎么办？"

"跑啊！但是你记住，要顺风跑，不能迎着风跑，不然熊眼皮上的毛就会被吹开，他就能更清楚地看到你啦！"

"我谢谢你，"我轻声笑了起来，"我肯定跑不过熊。"

"它才懒得动呢。"阿敬大笑一声。

第二次阿敬来家中，是村里的巴斯克节，也就是复活节。

他带了为我定制的蒙古袍子。淡紫色的锦缎上布满云纹，穿上身发现合身极了，惊喜地把衣服抱在怀里不撒手。

我也不会做什么菜，涮上了锅子、开了酒招待。饱餐之余，我们几人在院子里散步，突然后院的邻居把我叫了过去，指着围栏前方一米的一根木头说："这可是你们家老桩子[1]，往后我盖羊圈你可别有什么意见。"

我瞪着她回击："这一排直直的围栏修了十多年了，你突然说这一根木头是老桩，那这一排都是呀。"

"不信你找人来看看，就是根才是你家地界。"

望着那一根不知是拴牛还是干吗用的老木头，又听着邻居哇啦哇啦说了一堆，突然我就掉了眼泪，这也太欺负人了。

阿全一听声音走了过来，而阿敬二话不说回头拿了铁锹就要把那根木头起了。

"哎！你一外人掺和什么呀！"邻居大叫道，"这木头是老桩，不能动！"

"这是他们家院子里的木头，怎么不能动？"他凛然回答，手里挖木头的动作一刻不停。

"我就是你娘家人，十三，任何人都欺负不了你。"走的时候他说，然后照例抱住阿全，大力地拍了拍他的后背。

我和阿全站在院子前送他。"下次来，这里也是你家。"

他说："大兴安岭这块地，就是我们赖以生存的土地。我们出生在这儿，并感到骄傲。我们不需要多有钱，自然和土地给了我们一切。"

生命消散的那一天，他想要风葬，把骨灰撒进深山的林子，让他回归于深林，成为树木的养分。

他答应给我们在院子里盖一个抬头就可以看到星星的房子——撮罗子，铺上最香的松针、最柔软的驯鹿垫子，脱光了衣服直接就能钻进狍皮的睡袋里。

有一次他来看我，送我一只木雕小鸟。他说，这是"乌麦神"，是保护孩子生命安全的神。

"在鄂温克族，孩子生病就代表灵魂离开了身体，到了另一个世界，所以要把孩子的'乌麦'（灵魂）请回来。我们用桦木或松木雕刻成小雀的样子，你把它放在小孩的身边，可以保佑他们平安健康，'乌麦'不会飞走。"

他是浪漫又讲义气的人呀。

鄂温克族对好朋友的称呼是"马挞"。

朋友们，给大家介绍一下：这是我们的马挞，敖拉钊荣。

---

1 在农村地区，用木头老桩作为地界是一种常见的做法，被称作"地界站桩"。
　　——编辑注

同乡异梦

　　冬天的时候我要离开了，问院子里修路队的赵哥："你还记得是什么时候来的吗？"

　　"2023 年 5 月 15 日 16 点到这儿。"

　　"这……这么精确吗？"

　　"时间观念强，每一分钟都是钱，因为这是我这段人生的开始。"

　　这段话我记得也很深刻，像是王家卫电影似的对白，却很难和赵哥圆墩墩的样子联系起来。

　　给我们盖木屋并装修的赵哥以前是干市政土建的，黑龙江人。长得不高，因为长期做工程晒得有些黑，寸头，穿 POLO 衫的时候会把领子直直地立起来，看上去下巴和脖子连成了一片。

　　和所有出来包工的一样，赵哥十五岁出来干活儿，一个月拿两百块钱，天天吃玉米糁子和大饼。

　　"这都能把你吃成这体形？"

"原来可瘦，就一百一十多斤。"他说完，习惯性地提了下裤子，"你看，人就不能过太多好日子。"他接着说。

我们的木屋装修的时候，拆房子和砌壁炉算的价格格外便宜，不知谁传出的风声，大家排着队让他砌壁炉。他硬着脖子一口回绝，"不干。"

"给你加钱。"村民不放弃。

"加钱也不干。"说完赵哥背过身去，只留给人一个不是很圆乎的后脑勺。

在草原上，尤其是像我居住的这个村子一样的地方，远离城市，想要把房子好好装修一番是要费很大工夫的。什么东西都需要从邻近的额尔古纳运过来，而额尔古纳的东西也得从三百公里开外的海拉尔运过去。慢慢地大家发现，钱好解决，但时间不等人啊。七八月是旅游旺季，十月一到又冷得可怕，真正可以开工的时间从五月底开始算，也只有四个多月。因此，只要速度快，花费竟成了最不重要的事。

因为赵哥干市政工程的时候是修路队的，挖机、钩机、铲车、翻斗车一个都不少，这在这片土地上是顶顶稀缺的事情。"你都不知道，每一天都有人喊我去吃饭。"

也有不需要赵哥帮忙的，就是王哥。

有一个冬天我去他家串门，紧进门却发现一院子的木匠在干活儿。这都十一月了，黑龙江的工人早就回去了，他从哪里找的工人？

我走到一个木匠面前问："王哥在吗？"

这位木匠从木屑里抬起头，大胡子上沾满了木屑，我这才看清是一张白种人的脸：发红的脸蛋，络腮胡子，眼仁是蓝绿色的。他耸耸肩表示自己听不懂。

这会儿王哥迎了出来，我才知道他从俄罗斯请了十几个木匠，雕花的雕花，刨木头的刨木头，重点是这些木匠还不怕冷，十一月的天，就简单包住了脸，戴一顶帽子、穿一件厚袄子，就在院子里干活儿。

"可真厉害，"透过窗户往外看，"全村就你家在干活儿。"

"那可不，咱有这实力。"一杯酒下肚，他得意起来。

冬天过去，春天一到，赵哥带着人马热热闹闹地又上工了。在路上碰到我，远远地就挥舞着粗胖的手臂，像是老朋友一样打着招呼。

"怎么样？"我朝他挤了挤眼睛。

"什么怎么样？"

"赚钱的感觉呀，那我看你今年一百来号人呢。"

"都忙蒙了，"他看着我，"就是累，特别累。每天就睡三四个小时，从一大早干到晚上六点。"

装修我知道，每天的日子都是六点开工，六点下班，勤快的工人五点就来做活儿，那得几点起来啊？虽然工资还算可观，但也是不容易的。

"这两天啊，有时候三点起来开铲车，二十四立方（约四十吨）的沙子，就我一个人干，人手不够啊。"他接着说。

"你还会开铲车呢？"

"我那铲车，出神入化。"他抽着烟，露出骄傲的神情。

也是从赵哥开始，我喜欢上了和工人们聊天。

来这边的工人大都来自东北，木工、水电工五百一天，力工两百一天。工人出来干活儿，媳妇儿也跟着出来一起做力工。他们一起睡觉，一起吃饭。因为居住条件差，经常洗不上澡，可不妨碍每天穿戴整齐，上工的时候也是开开心心、有说有笑的。他们似乎从没想过退休，不管是多大的年纪总想着多干些活儿，多给家里寄一些钱去，可以让家里人生活得更好一些。

今年电工老叔把孙子也带来了，小不点儿刚出生才不到六个月。干完活儿他会推着婴儿车到处转悠，也不是散步消食，就是单纯炫耀。

"看看，这我大胖孙子。"

"可爱吧，长得像我。"

"省心呢，都不咋哭。"

他一路说着，一条百米的路都被他盘得发光。

在路上看到工人就地休息打招呼的时候，也是高兴地乐着，晒得黑亮的皮肤下，比牙更白的是他们的眼睛。这些工人的眼里总是有梦，有对好日子的期盼，那是人类最动人的瞬间之一。

养马人小黑哥

前一天小黑哥说："明天我们找马去。"

"带我去！带我去！"我高兴得蹦跶了起来。

今年冬天来得慢，快十一月了还没落雪，于是羊儿牛儿马儿都放出去吃草了。我以为马儿也吃不了多少吧，小黑哥一听，眼睛瞪圆了看着我："一天就得三千元呢！"

听说今年草垛子也涨价了，去年还一百八到两百元一个，今年两百六十元了，加上运费都快三百元了，一冬天就得买十万元的草垛子给马儿吃。

如果放到野外去能省不少钱，可问题是，它们是马，马儿爱跑啊！吃个草或许就能跑到五十公里开外的山窝子里。马儿还爱拉帮结派，如果不是一个马群的马会被踢、被拱、被撵出来。

这都是小黑哥在去路上告诉我们的。

小黑哥姓白，话很少，但说话的时候总会露出大白牙齿笑。

村子里提到小黑哥都是好风评，一直怂恿他把他的"乐驭马场"改成"小黑哥马场"。今年他们一家都搬过来了，起了新房子，弄得有模有样。

他开着新买的白色皮卡，捎上我们往七拐八弯那头找马儿去。我们以为在平平的水泥路上开，结果他全程瞄着一个马，一个打弯就往山上开。山上生长着小草，土地也被零下的温度冻得梆梆硬，车速还极快，颠得我们五脏六腑都快出来了。

"找着能怎么样？"我紧抓着扶手，防止颠簸让身体悬空，撞上车顶。

"不怎么样，就看一眼。"小黑哥一边猛打方向盘一边回答。

"那不管不行吗？"

"当然不行，每天要去看看马丢没丢，是不是有马冲散了，落单了。"

"那一直找不到的马怎么办？"

"一直找。"

临近中午，他带我们去一个餐馆随便吃一口。餐桌上，小黑哥还是不说话，也不客套，静静地听已经喝多的几人大声说着话。

"前几天，老四的马丢了，找了三天，发现在老光那儿。老光不认哪，就说是他的马。两个人干了一架，报警了都。"

"警察来了也管不着，再晚去就该成马肉喽。"有位抽烟的老叔附和道。

"最后就赔给人家五千块钱和解，马就给人家了。然后你知道怎么着吗？"

"怎么了？"

我忍不住竖起了耳朵，"那马呀，过了几天，又跑回来啦！"

大家还没笑完，抽烟的老头儿转头又问："哎，小白，今年你的马都找着了吗？"

"还有俩没找着。"直到小黑哥接过话茬我才发现原来是叫他。

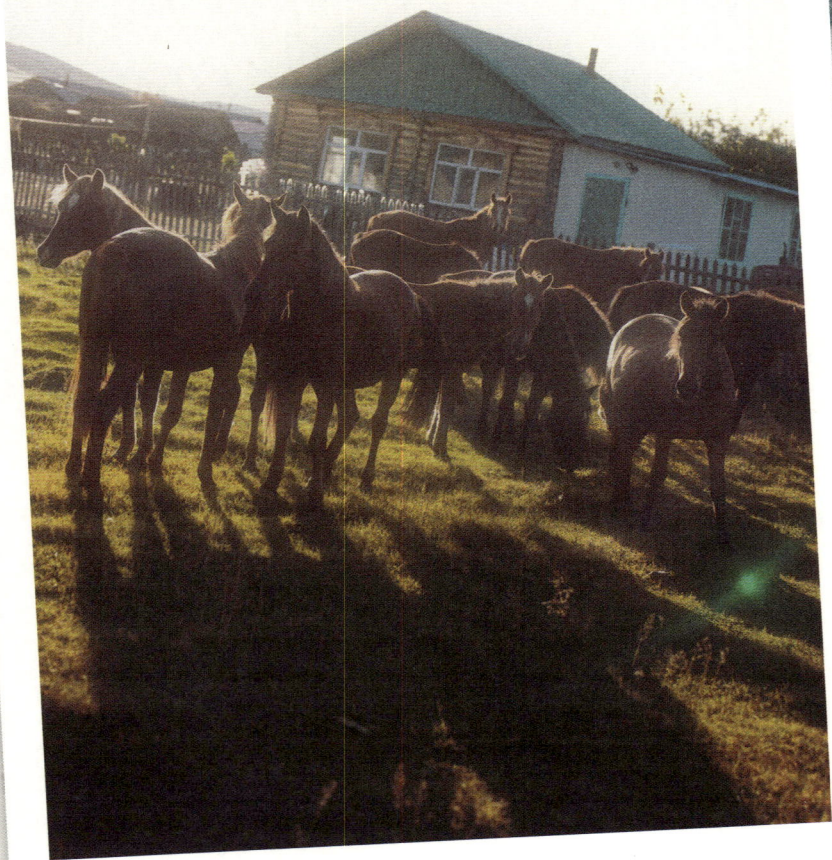

养马人比养牛羊的人可幸福多了。草价三年一涨，养牛羊都亏了不少。而养马，无论是驯骑马，做游客的活儿，还是卖小马驹子，都容易挣钱。可最焦虑的事情就是找马了。"你听他现在云淡风轻这样，"玲玲姐说，"要是找不着马，愁得几晚上都睡不着。"

找马是个枯燥且费眼的活，有时候一匹马能找好几个月，找又找不到，不找不死心。

　　"一直到现在，我只有两匹马没找到。一匹是2018年的时候，刚养到两岁，和别人家的马跑了。还有一匹，别人发现的时候说它被兽夹夹住了腿，等我们去，马也不在了。"小黑哥的声音越来越低，眼底还有淤积的悲伤。

　　冬天的呼伦贝尔，冷风飕飕的，阳光很斜，经常照得人睁不开眼，眼前都是虚幻的影子。在这样的条件下，马儿在山头就是一个小小的点，小黑哥却能一眼看到，甚至叫得出每匹马的名字。

　　"这怎么看到的！也太厉害了吧！"车辆晃动，小点都没有蚂蚁大。

　　"这有啥，我二儿子也能做到，他打小也特喜欢马。"

　　小黑哥爱马，为了这事，玲玲姐没少和他吵架。

　　"你心里只有马儿没有我。"那是吵架时玲玲姐最常说的话。

　　前几年，玲玲姐在赤峰，家里还有三百头羊和奶牛，走不开，因此和小黑哥常年分居两地。可每次她来恩和看他，发现小黑哥住在人家车库里的一个极小的单间，饭也不好好吃，一切的埋怨又咽回了肚子里，只好低头把乱丢的衣服都给他收拾整齐，眼泪都往心里咽。

　　刚开始的时候，小黑哥年轻气盛，就喜欢马。但别说养马，连骑都不会。那怎么办呢？不会骑就硬骑，所以被马踢或被撂下马是常有的事。被踢得多了，也总结了一些被踢的经验。

　　"学会运气，躲的时候不喘气。要是马上就要被踢到了，就憋住气，肌肉不是就绷紧了吗？人往外伸，骨头往里保护好，就是屁股疼点儿，身上有点儿瘀青，其他都没事。"他嘿嘿地笑着。

　　即便现在有了经验，驯马或是去山里撵回吃草的马，还是伴随着风险的。"今年就把腿又摔坏了，但是走不开啊，马儿得吃草啊。就没去医院，所以三个月了都没好，到现在还不能弯腿。"

据说最厉害的一次，他被马后腿踢到肚子上，飞出去四五米，坐在地上缓了好久好久。

"那你还喜欢马啊？"我听着就揪心。

"自己喜欢的事情，就努力喜欢着呗。"

恩和的冬季实在太冷，一般只能养三种马：温血马、蒙古马和三河马。

温血马比较黏人，所以尤其听话，冬季放出野外好几个月一见人还是亲昵，骑起来也很顺溜。但是它们冬天不长膘，皮又特别薄，耐力不足，所以不能跑远。

相比之下蒙古马的耐力就好很多，但蒙古马回生，总是今天驯好了，明天又调皮不愿意干活儿了。

三河马是最多的，因为这种马像温血马一样亲人，又有比较强的耐寒性。

有时候牧民也会从其他草原花大价钱买重型马回来改良品种。

小黑哥的第一匹马，名叫"大S"，是一匹重型马，买回来就快二十岁了。因为太调皮总是不好好干活儿，上一家主人就把它卖了。神奇的是，大S到了小黑哥的手里却无比乖巧。

"马不像其他的动物，很傲。如果你骑术不行，骑在它身上，它就不服气，总欺负你。"

"后来呢？它现在在哪儿？"

"没了。春天的时候马开始吃料，有一次仓库门没关好，他就吃了很多稻谷，撑死的。"

玲玲姐接过话茬："大家都劝，卖了吧，因为马死了还能卖五千块钱，越晚卖越不值钱。可你小黑哥执意要埋马。"

小黑哥低着头，她接着说："哪有埋马的？在我们这草原上从没见过。你知道他为啥不卖吗？因为卖马肉需要现场扒皮，再切开，看看心肺有没有毛病。他接受不了，舍不得。"

"埋在哪儿了？"我又问。

玲玲姐看了眼小黑哥："就在每次骑马的路线上，有个天然的大坑。你哥还在那里种了棵白桦树，现在长得可好了。"

"伤了皮、断了腿也从没见他哭过，死了这匹老马他都哭了好几回了。"她又说。

那个曾经喜欢小马却不会骑马的少年已经长大，以养马为生，每天三点半起床加水喂料。他爱马，把心爱的马埋在了每天经过的地方，这样每天骑马带队的时候，都能再见见它吧。

2021年冬天快过年的时候，我问小黑哥："你的新年愿望是什么？"

"三年内百马营，嘿嘿。"

恭喜小黑哥，你都做到了。

当地的小孩们

朋友从城市里捎回来一束花，我就满村找花瓶。去超市买东西的时候，看到柜台里面站了一个高高大大的小伙儿。他看着脸生，加上我在村里待了那么久，几乎没见着什么年轻人，就好奇了起来。

"你是谁啊？"开场就要占据主动权。

"我是姑家的侄子。"他有些局促，但也十分有礼貌。

"你爸爸是……王宝宝？"

"对。"

男孩叫王浩，他说自己今年十七，在海拉尔上高一。

"想过未来做什么吗？"我突然问。

"就想当兵，明年十八我就可以去当兵了。"说这话的时候他挺了挺腰板，脸也上扬了一些，有一束光投射在金属货架上又反射回来，正巧落在他的头发上，看着更高了一些。

十多年前，孩子们纷纷随着父母去额尔古纳上小学、初中，大部分小孩从小学开始住校，一个月都不回来一次，一直持续到高中。其实村里原先是有小学的，但是慢慢地，大家都搬去了城市，只有老人愿意留守在这儿，学校渐渐就荒废了。毕竟这样一个没有 KTV、没有大型超市、没有影院，甚至没有澡堂的小村子，对年轻人实在没有多少吸引力。

好在这里的寒假比暑假还要长，有三个月，因此漫长的冬天里，村里的孩子却多了起来。

去邮局的时候，有个小女孩一直瞧着我的鞋。略一低头，大概是因为鞋子上挂了很多可爱的玩偶。我伸出脚抬起来晃了一晃："好看吧？"

小女孩羞涩地点点头。

"上面的玩具都是扣上去的，"我蹲下来，指着鞋子上一个吹泡泡的女孩，"你看，每个都能拿下来。"

她快速回头往柜台看了一眼，也蹲下来，小心地碰了碰。

我走的时候，她叫住了我。"姐姐！下次你来邮局，还能穿这双鞋吗？"她眼睛湿润，像是驯鹿一样圆圆的。

"好呀，拉钩！"我伸出小手指。

前几天小黑哥冬宰了两头牛，喊我们去吃牛肉，进屋就是他的二儿子和一个长相白净的小男孩。

小黑哥有两个孩子，二儿子尤其喜欢马，放假了只想回来陪马，回到家第一件事就是去马圈去看马。他认得每匹马，叫得出它们的名字，了解每匹马的脾气，他还特别优待给马们梳毛，几乎包揽了所有细活。圈里的管马活儿是辛苦的，每天早起需要给马儿打开草卷，小马还得专门铲草喂，不然大马会和它们抢吃的。小黑哥总是期待着他放假回家，"能省好多事儿！"

骑马摔马是常有的事，一般都是马儿惊着了或是踩空了，二儿子从不怨马。有一次马儿磕破了皮，小男孩自责得掉眼泪，晚上吃饭都一直往窗外瞅，吃了饭就进了屋。

玲玲姐小声问小黑哥："没事儿吧？"

"没事儿，让他消化去吧。"

晚上十点多，房里传来"吱呀"开门的声音，特别小，小黑哥还是捕捉到了。他打开门，只见外头的大门开了一条缝，月光随着缝隙投射进来，犹如一把出鞘的利剑。

顺着月光，他看见二儿子去了马圈，围着马转了一圈又蹲了下来，看看马儿有没有继续出血。

小男孩没戴帽子，呜咽声被风吞了去，又传到了小黑哥耳朵里。

和小黑哥二儿子一起的白净的小男孩是小宇，他是三哥家的孩子。因为他妈妈是俄罗斯族，所以他也长得特别漂亮：浅棕微卷的头发，皮肤白得可以看到青色血管；鼻子小而高挺，一双眼睛像玛瑙宝石一样，睫毛也如小扇弯弯翘起。

像所有小孩儿一样，他们俩吃完了饭就躲进房间玩手机。

"不看电视吗？"我问他俩。

"不看，就喜欢玩手机。"小宇头也不抬地说。

军哥家的孩子阳阳也放假回来了。

阳阳胖乎乎，小学二年级已经长到了八十斤，脑袋圆圆，胳膊圆圆，腿也圆圆。

阳阳的姐姐今年开始到上海上班，过上了朝九晚六的生活，成了城市里芸芸众生的一员。

王哥家的明明十五岁，也长到了一米七五，沉默寡言，喝起酒来也不含糊。听娜佳说小时候他的志向就是上班，所以她去厂子里的时候，他总跟在她屁股后头。

这里的孩子其实都差不多，寒假回家里帮忙，搬水搬煤。但他们大都向往着城市的生活。

维介家的果昊也想去城市。"我们这儿有啥啊？只有雪，还这么冷。城市多好啊，啥都有。"

城市里是什么都有，却没有明朗的四季，没有中午就能见着的大月亮，没有日出而作，日落而息，没有如此干净简单的人际关系。

当然，这些话是没有办法对孩子们说的。城市就是他们的梦想啊，不管是刀林剑雨，总要闯一闯才会知道。孩子们都想着长大，有着自己的天和地。也许有一天，他们也会觉得，家乡明澈的蓝天、茵茵的草地，还有这片草原都是值得珍惜的宝藏呢。

第三章

流浪共和

野马

说起恋爱这件事情，我是极不擅长的。

小时候，别人家的女儿总是打扮得一看就是被爱滋养着，而我黑黑瘦瘦，穿着不合身还有些旧的衣服，所以自卑好像是粘在了骨头上，扒也扒不掉。

歪歪扭扭地长到十八岁，遇到了阿全。

和他是在去拉萨的路上认识的。那时候刚流行徒步，我没有一点儿户外经验，觉得什么事酷，就想干什么。我和网络上聊得不错的朋友约着徒步搭车去西藏，结果从高考结束等了半个多月，他说："抱歉抱歉，有个同伴发烧了，在高原，感冒都是危险的，我在等他恢复。"

又等了半个月，这位朋友又说："实在不好意思，他还有些咳嗽。"

这次我没回复，买了张火车票就去了拉萨，本来十八岁的女孩也不是非要受苦受难地去旅行。

等旅行结束回到了杭州，朋友约我看电影。我走到了放映厅前，才看到他旁边还站了一个黑黑瘦瘦扎着小辫的男孩儿。

我的眼睛不由得睁大了，脑子里突然发出了噼里啪啦的一阵声音，头皮开始发麻，心跳也突然加快，手心控制不住地冒出汗来。

"呃，是这样，本来是我约你看电影，他说喜欢这位导演，也一定要来……"朋友表现出很抱歉的样子。

"没事没事。"我挥着手，眼睛却一直盯着另一个人。

我往前一步上前来到男孩子面前，攥紧了手心再松开，"你好呀，"我努力稳定自己的声音，"你看上去……像一位藏民。"

"我就是啊。"

"啊？"

"开玩笑的，"他突然笑了起来，指了指自己的皮肤，"刚从西藏回来，晒的。"

"我也是！"

"真的吗？你是坐火车去的吗，我是徒步搭车去的。"

"差点儿我也去徒步，但是一起约着的人一直生病才没出发。"

"约你的……那个朋友是……谁？"他迟疑着问。

"小爱啊。"

"……"男孩子沉默，我努力回想刚刚有哪句话惹他不开心了。

"我就是那个生病的人。"他缓缓说，没什么表情的脸上突然有了星星。

早就该遇见的。我心里高兴地想着，这就是命中注定。

一个月后他突然发短信给我，"去不去看演出？"

"什么时候？"

"就今天，后海大鲨鱼。"

那一天红色的霓虹灯下，啤酒花吐出了野马。他问我："跳不跳？"我点头，然后两个人手牵手就跳进了喷泉。

认识他以后，我们像野马一样活在这世界上。我们喜欢旅行，喜欢无数的不确定性，喜欢浪费太阳，而到了夜晚又开始珍惜，脑子里总是有无法理解的念头产生。

有一天，他突然说："我们骑自行车去合肥怎么样？"

"好啊，什么时候！"我们总是一拍即合。

可是，我们只有一辆自行车，买不起第二辆车。而且那辆也不是什么专业的车，就是普通的妈妈买菜车。

出发前，我们推自行车去修理铺检修，毕竟要骑几百公里，刹车片、轮胎都要换一遍。

气氛是低落的，好像一团灰色的云悬在我们头上。修车的空当，我们看见墙边立了一辆二八大杠，很破了，但是好像还能工作的样子，当下就花六十元买下了它。

那一次旅行，我们在公园洗漱，在广场露营，骑了六天，第七天的凌晨到达合肥。结果那一天，我们爆发了争吵，我甚至不记得那天为了什么吵架。

"是不是只有电视上的爱才能永恒？"

"不是的，"他抱住我，"不是这样的。"

结婚后的某一天半夜，我突然想起什么，问他："你打算什么时候给我补求婚？"

不知道怎么的，我们因为这个话题大吵一架，他摔门而去，直到早上六点才带着一身寒气进了被窝。

我问他去哪儿了，他看着我认真地说：

"我去了火车站。售票员问我，你要去哪儿。那时候我也不知道，好像我没有家了，也没有特别想去的地方。于是我问她：'最远能去哪儿？'她说：'早上三点四十有一趟去东北的，你要不？'"

"那你买了吗？"

"买了，"他从外衣口袋掏出火车票，"原本我是真的要去的，可是

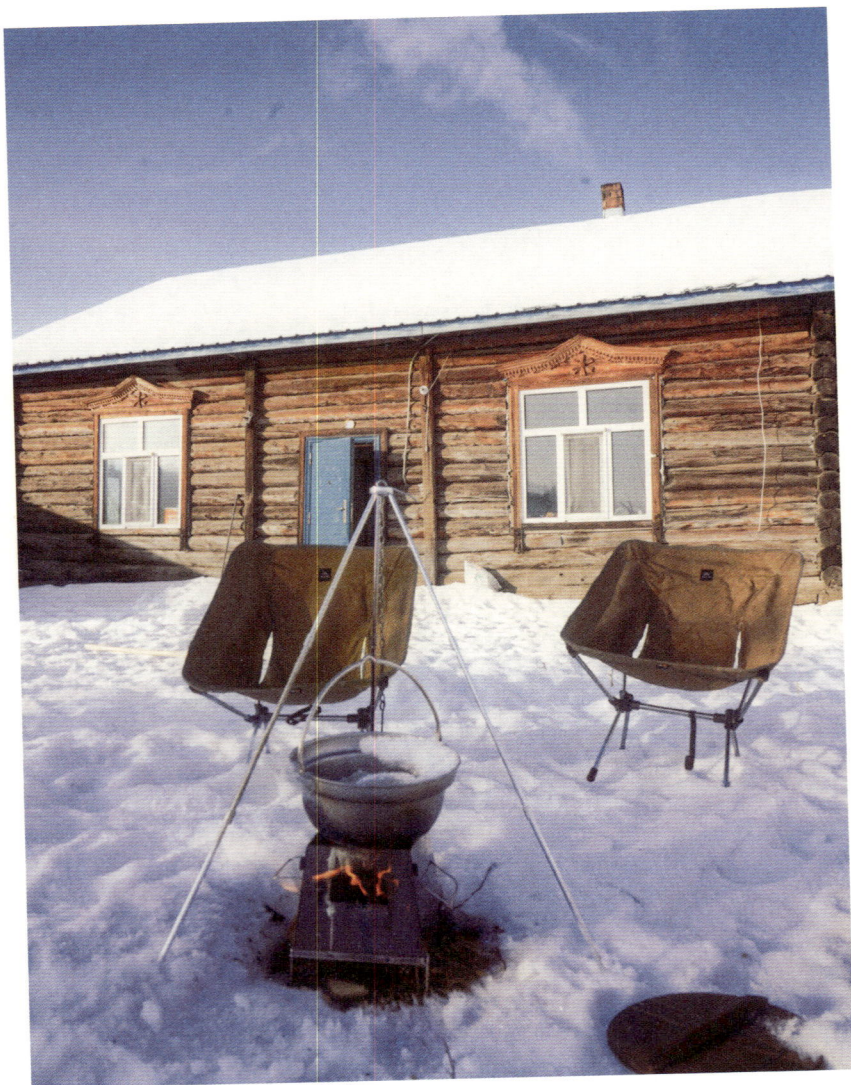

流浪小木屋

一想到……"他突然止住了。

"一想到我和孩子在家。"

"对，我觉得，是我错了。因为我舍不得你，我无法离开你。我意识到我好像从来没有好好地回应你——我是真的想去珠穆朗玛峰顶和你求婚，不是开玩笑的。我想给你一场很酷的求婚，而不是去店里买个戒指套在手上，在我的心里……"他说，"我想给你最特别的。可是原谅我，成长的速度太慢了。"

事情过去了十年，如果计划顺利，再有两年，我们就要去登珠峰了。不知道他的戒指准备好了没有。

有情饮水饱

"那时候我们连交房租都成问题。一个月一百五十块的房租，我们还租了一个画画的房间，一个月一百块，这样加起来，三个月就是七百五十块。没办法，我们决定去摆地摊，谁知第一天就把房租钱挣回来了。"

这么多年，我写的故事总是这样开头，把那段往事草草带过。但我想仔细说说我们住过的那个房子。

我们租的是一个农民房。那片区域叫"沈家弄"，那里有一大片池塘和一大片芦苇田。我们的房东阿姨家里养了一条土狗，非常聪明，名叫"旺财"，房东阿姨经常自豪地说它可是我们沈家弄"一枝花"哩。

旺财脑袋平平的，耳朵横着长，末尾有一些耷拉。它很通人性。冬天，我看它委屈巴巴的样子，就经常买便宜的火腿肠喂它。后来，每天晚上，我快走到家的时候，它都会走来池塘边迎接，陪我走过那条逼仄的小巷，从此我再也不会害怕路黑。有时候回来得晚了，远远就能看它守在村口，一见我就高兴得旋转跳跃，三百六十度转圈。

楼下转角的地方有一家超市，超市对面有一家面店。说是店，其实都是简易棚搭的，但面却出奇地好吃。面只有青菜肉丝和雪菜肉丝两种，先用猪油爆出香来，再撒上自家种的油麦菜，连汤头都是飘着香的。

再往前走一点，有一家衢州人开的小馆子，菜炒得很辣。阿全喜欢吃他们家的香菇肉片盖浇饭，他觉得吃起来特别像温州老家的味道。

我们摆摊生意好一些时候，就会来衢州馆子，要两三个小菜和一瓶啤酒。差一点的话，会去吃面，两个人一碗或者一人一碗。那时候我们的口味还有很大差异呢，阿全不爱吃辣，而我喜欢先吃掉三分之一的面条，然后加入辣椒油，再吃掉三分之一之后，倒许多的醋。

哦对了，晚上的时候，烧烤大叔会出来摆夜宵摊。

刚开始的时候，他的烧烤水平特别差劲，经常把鸡翅烤煳。后来烤得娴熟了，他的眼睛也烤红了，晚上顺着黄色灯光，能看到他的眼睛里布满了红血丝，像是刚流过泪的眼睛。

有段时间，我们摆摊的生意异常差，我们就自己做饭吃。先上菜场买了个电饭煲。口袋里只有七十块，买不起超市里那种白白胖胖的大号电饭煲，就花了四十块在农贸市场买了个绿色铁皮外壳的老电饭煲，再进菜场买三五块钱米、鸡蛋和酱油。

那时候我俩还挺邋遢的，衣服就堆在地上。把衣服挪开，会露出一个插线板，刚好能插上电饭煲来煮饭。鸡蛋和酱油是干什么用的呢？饭刚熟那会把鸡蛋打进去，再拌上一点酱油，就是一锅美味了。

电饭煲总是粘锅，煮出来的米饭边缘有些糊。"像不像煲仔饭？"我推了推阿全胳膊打趣道。

这样的酱油拌饭我们吃了一两个月，还没吃腻。穷是一方面，但我想，情人在身边的时候是无论如何都感觉不到饿的。那时候我们还很天真，不觉得这有什么苦。

说起冬天，洗热水澡也是一件难事。

我们租的房间是有独立洗手间的，也有淋浴头，但是没有热水器。说起来这个洗手间还特别浪漫，有个大大的窗户，对着一棵老树。也不知道它究竟是棵什么树，秋天落叶，春天长新芽，在洗手间里都看得清清楚楚的。大树旁就是烧锅炉的地方，卖热开水，五毛一壶。

当时我们用的所有生活物件都是最便宜的，就是那种"内胆七块钱，塑料壳三块，一套买九块五"的热水壶，有红蓝绿色。

那时候想洗澡，我们就偷偷烧水。我先进去准备着，阿全在外面烧水，结果洗澡的速度赶不上烧水的速度。

"阿全！水烧好了吗！冷死啦！""还没！我已经在用电磁炉一起……"只听"啪"的一声，跳闸了。楼下房东阿姨粗大的嗓门从楼底传上来："楼上的！！！是不是谁又用热得快啦！哎哟不能用的啦！吃不消的啦！！！"

之后学乖了，要洗澡的时候就会提前下楼提两壶水来，屋里再提前烧一些。进浴室前先倒一层热水在地面上，浴室就暖和了起来。

在那个房子里住了三年，换过三次床的位置，因为我们要跟着太阳照射的光线移动，喜欢早上醒来被阳光照醒的感觉，像两朵太阳花一样。

夏天就很难熬了，但夏天也特别有意思。

夏天的时候我们会睡在地上，只有一个小小的方形电扇。我俩会轮流挨着电扇睡，经常睡到一半把另一个人拍醒，"哎！轮到我靠着电扇睡了！"迷迷糊糊地交换位置，再混混沌沌地睡着。

再后来，我们在离开那里的很长一段时间之后，还会骑着小摩托回到那里吃顿饭，买点小零食，指着远处的窗户问不知道现在住着的是哪个系的学弟学妹。

小超市的老板娘依旧喜欢在柜台上边嗑瓜子边看剧，老板也换了辆七座车，每天早上就看到他提着蓝色水桶在洗车。

房东阿姨的女儿曾来我们店里做兼职，红着脸说我妈还是那么凶，

经常和住客吵架。

肉丝面从九年前的三块涨到前两年的五块，再后来它们也不见了。

芦苇田早就被推平，盖了楼房，沈家弄的房子也逃不过城市改造的命运。

整个村子就这么消失了，就好像从来没出现过一样。

我们也从摆摊到后来开了小店，再到后来拥有了十几家小店。

可那时候的很多事都记不太清了，只记得在楼下小店买的花哨毯子上，落了雪籽，包裹着两个人想要环游世界的梦想。大家都笑他们痴心妄想，可他们做到了，并且在环游世界后，回到草原，找了个背靠雪山的地方养了十只鸡、四只羊，还有一匹马。

想把这些全部写下来，在我忘记之前。让它们在你们的记忆里生长下去，也成为你们的记忆。

格鲁吉亚
三婚

2013 年 6 月 13 日，我们领证了。

　　说起来也不是什么特别的时刻，那时候已经有了孩子，年轻的时候总是觉得爱就是一切，本来想要不结婚到老，底下又抚养着很多可爱的小孩。但是为了小朋友，我们需要一个结婚证。

　　仔细想来，我和阿全都是比较离经叛道的人，过着在很多人眼里像"笑话"一样的人生。我们总喜欢和所有"正常"的一切对着干：什么是正常？谁规定"正常"是正常呢？

　　非正常的时刻有很多：
　　比如长头发喜欢穿漂亮裙子的女孩，却天天跟着黝黑的男孩摆地摊；

学会自己剪头发，哪怕是狗啃的样子；

穿男孩子的外套、裤子和军用胶鞋；

口袋里连两百块钱都没有，却也梦想着去徒步一万公里，自由自在。

能经常被提及的时刻也有很多：

比如两个人潜入海底举行了婚礼；

在世界尽头的灯塔求婚；

他倒下前最后喊出一句"这个家靠你撑起来"。

烦恼的时刻有很多：

比如为了孩子做作业而争吵，最后抱着头蹲下哭着说"其实我也不想骂他"；

生意断崖下跌，公司岌岌可危，哭着问亲戚"能不能借我一点"；

生完孩子面对镜子时，看到那个凌乱、臃肿、变形的自己感到无比崩溃、无助。

快乐的时刻也有很多：

比如第一次一款裙子卖了四十万，体会到什么叫"逆风翻盘"；

比如无数次喝醉酒在世界小镇的街头哈哈大笑；

或者每次回家，三个孩子像小弹簧一样高兴得直跳。

我始终相信，人生最重要的就是活几个瞬间。

2020 年，登顶玉珠峰那天，天气真的很糟糕，能见度大概只有两米。

登顶到山脊的一瞬间，大脑里许多画面在飞速运转——

妹妹的笑脸，山下的暴风雪，粉红色的羽绒服，在梦里出现的齐发女孩，2019 年在武汉吃的热干面，还有无数女孩的脸像电影画面一样闪过。同样闪过的还有——

登顶珠穆朗玛峰的时候。

是的，我又要去登山了。

7600 米，是几年前我想都没想过的高度。

这几天买保险。先给家里人打电话："哥，如果万一我下不来了，帮我照顾三个孩子，'流浪共和'也留给你。"

危险吗？

危险。

后悔吗？

后悔。

说真的，每次一想到要连续攀登二十一天，我的双腿都发软。可是人是要有梦想和盼头的。想要攀登 8000 米的雪山，7600 米就是入场券。

你瞧，这些所有快乐的、悲伤的、痛苦的、怀念的、迷幻的、神奇的、可笑的一件件事，都是最爱的人陪着发生的。

人们常说，结婚一年是"纸婚"，二十五年是"银婚"，五十年是"金婚"，而十年是"锡婚"。

锡是什么呢？

它是有一种金属，具有延展性，在空气中不易起变化。它不如金子昂贵，也不如钢铁来的硬挺。它有些容易变形，不够坚硬，却时时刻刻保持着它本来的样子。

我不用是任何一个人，你也不是完美丈夫。

因为我们是我们自己，所以我才爱你。

2023 年 6 月 13 日，同样没有婚纱、没有衬衫和领带，我们再一次，领证啦！

是的，我在格鲁吉亚新婚啦！什么纸婚、钢婚、钻石婚，我们才不管呢。

我掐指一算，大概还可以和你在一起五十年，幸运的话也许有六十年。

记得那时候一定要给我买大钻戒，很大很大的那种。

我想戴着它举行一场森林婚礼：

只有七八好友见证我白发苍苍，穿着婚纱，戴着野花冠，那就是我梦中的婚礼。

十周年快乐，我的新郎。

吵架也是人间常态

一

前几天我收到私信，说和到了谈婚论嫁阶段的男友分开了。

她问我："爱而不得才是人间常态吗？明明是相爱的人，为什么要这样伤害对方呢？"

我和她说："相爱的人，往往总是最了解怎么伤害对方。"

为什么会走到今天这一步呢？为了在一起曾经奋不顾身的两个人，为什么快结婚了却分开了呢？为什么甜言蜜语转眼就变成了相对无言甚至恶语相向了呢？

恋爱大过天。

我们之所以享受恋爱，是因为越是没有未来，就越是浪漫。

深夜街头牵手走路的浪漫，互相送到家楼下的磨蹭，节日前的期待和雀跃，最后都会化成"麻烦死了"的抱怨。

我们真的能一直保持浪漫生活到永远吗？人真的会反反复复喜欢同一个人吗？

年少时有一位好友带女朋友来家里吃饭，其间两个人不知道因为什么原因吵架了，女朋友甩门而去，好友猛灌了一瓶酒之后狂奔出门找她。

那已经是凌晨一点半，他吼叫名字的声音穿透整个小区。过了一小时他颓唐地回到我家，"没找到"。

前阵子见面，我忍不住问道："你还和她在一起吗？"

"中间和好又分开很多次，很多年。现在她走了，去了印度。"

而他留在了广美当老师。

我想他还是喜欢这个女孩的，只是生活于他更像是一架需要攀爬的梯子，而不是恒河的日出日落、烟雾缭绕和唱诵声。

二

我和阿全也不是没吵过架，可以说是经常吵架。

而且因为很了解对方，可以很轻松地用最轻飘飘的话给出最致命的伤害。

有一次因为工作压力大，情绪不佳，把这种情绪带给了孩子，吼完孩子后自己哭了。

阿全发怒之余脱口而出："你是不是抑郁症犯了！有病就去看。"

生完孩子后，有很长一段时间的产后抑郁，旧事重提的时候，失望、难过就像山崩海啸。

那种巨大的震动让我在后来失控的时候，都会想办法强行忍住，拼命告诉自己："不能说，不能说，伤害是无法修复的，一定会有伤口存在，一定会有疤痕。"

三

当爱人身上可爱的执拗成了臭脾气，做事热血成了不计后果，单纯善良变成了没脑子，斜倒在沙发上的姿势也不再迷人，成了日常生活里心烦意乱的某件事之一，吵架就会随之而来。

某种意义上，吵架也是快速的交流，是在渴求被理解，并不是吵完就跑。无论吵成什么样，我们争吵的内容都要有个结果。

"你为什么不理解我工作辛苦？"——那让我来承包部分家务。

"我带孩子做饭已经很累了！"——我们想办法请个阿姨好不好？

"你为什么一点都不在乎我的感受？"——往后有什么不舒服的地方，只要你心平气和跟我说，我尽量改。

"能不能记住我们的纪念日？"——这次忘了，周末补上，一起出去吃顿好的好不好？往后把纪念日都设置在手机里，约好要互赠礼物。

"你对我的要求为什么要那么高？我就这点能力！"——每天我们提早一小时起床，一起看书，晚上十点后不准再刷短视频。

"你每天和我讲话超过一个小时了吗？吃饭拉屎睡觉都一直对着

手机！"——我把所有工作在车里做完，回家尽量不聊工作。

越是生气，对被理解的渴求就越大。因为太想被理解了，所以要用尽所有力气表达自己。

可不管吵的时候有多崩溃，最后一定要有解决办法，不要为了吵而吵，要为了获得解决方式、知道对方心里所想而吵。

尽管如此，最好不要积攒到火山爆发那一刻，要学会随时挖一条通道散热。

四

说到底，两个人分开，主要是在某一刻"爱"消失了，一切可爱的小缺点都不再让人感到可爱。

排除了出轨这种原则上的原因，"爱"，不是突然消失的，是在日常生活琐碎里一点点磨没的：

育儿问题、婆媳矛盾、责任分工问题、生活习惯的差异……

恋爱时常说"我养你啊！"，结了婚之后就变成了要求伴侣既能赚钱养家，又要能照顾孩子、做家务，还要体贴入微，这些都在不知不觉中慢慢磨蚀了人对婚姻的美好想象。

可是造成这种结果的，并不是一个人的错啊！

不要急着失望，不要轻言放弃，试着去沟通、去解决问题吧。如果解决不了，生气、吵架也没关系，放轻松，吵架也是生活常态，毕竟这么多年，我也只碰到一对吵不起来的情侣。

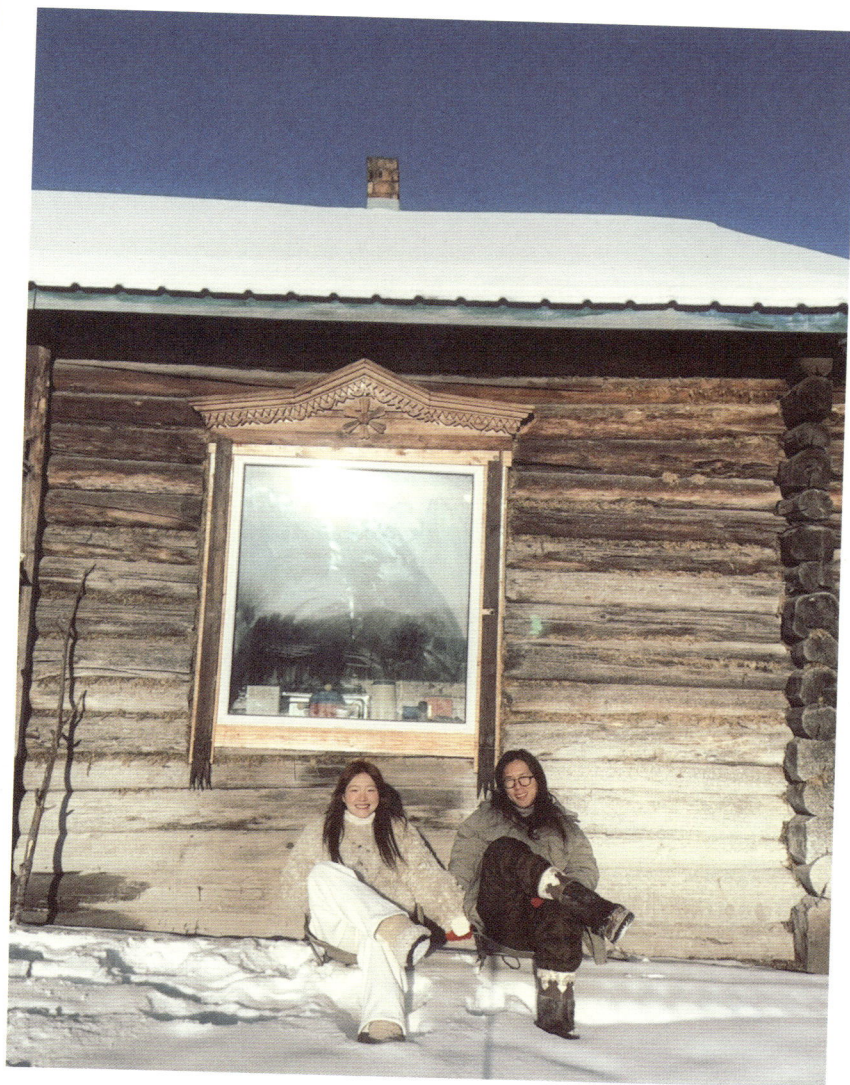

五

爱总是有瑕疵的，我们或许不能像失忆一般一遍又一遍地重新爱上对方，但我们可以想想如何保持生活的浪漫。

你们总让我总结把"臭男人"养成好男人的秘诀，其实我只是在每次感觉到爱意消退的时候把问题告诉他，试着两个人一起去解决；吵架的时候再生气也不会反锁门，而会等着对方半夜冲过来把事情掰扯清楚；我会把我的难过、失望，以及听到的趣事和想要的一切，通过不同形式传递给他；甚至在他被愤怒冲昏头脑、变成另一个人的时候逗他笑。

这些都是我们故意留给对方的缺口，而填补这些缺口的动作就是浪漫。

浪漫不等于红酒、旅行或购物，它可能只是平凡生活里音箱放出的一首歌。

我猜你们在一起那么多年，肯定知道怎么做。

"我已经结婚啦，和那个十八岁时骑行五百公里带我去听演唱会的那个人。"

种子

前几天，小儿子问我："世界有多大？"

"说大也不大，说小也不小。"我回答。

我们嘴里所说的世界，不是浩瀚宇宙，一般说的是地球这个星球。随着交通工具越来越发达，这个世界开始变小了。比如在夏天的我想跨越赤道，去地球的另一半过冬天，只要坐两天的飞机就够了。

旅途中的时间变短了，要去哪里也很轻松地就规划好了，可要真正体验到当地的生活，却要花好多好多时间。

我真正开始旅行是十八岁。那年我读大一，认识了阿全——另外一个旅行疯狂分子。前面说到了，我们在一起的第一个月，他就带我从杭州骑自行车到合肥。不是什么专业自行车哟，就是六十块在修车铺买的二八大杠。第三个月，我们一起去了迷笛音乐节，那是我第一

流浪小木屋

次睡在路边，第一次在火车站外面的麦当劳过夜。

印象最深刻的旅行经历应该就是新藏线了。坐硬座到达库车，从库车开始边徒步边搭车，穿过塔克拉玛干沙漠到达喀什。在叶城办好通行证，爬过山，蹚过河，吃过发绿的馒头和铁皮一样的馕。一个半月没洗澡，最后到达了拉萨。全程两个人只花了127块。

我的命好像就是属于路上的，就像血液里流淌着呼唤："去旅行，去旅行。"

看到一张照片就决定要去阿根廷的乌斯怀亚。那里有一座灯塔，据说是世界尽头的最后一座灯塔。

听到一个名字就临时起意，决定飞去危地马拉。据说那里有全世界能攀登的三座活火山之一，也有好喝却非常便宜的咖啡豆。

旅行让我们知道世界上有形形色色的民族，各种各样的人。大家生活的环境各不相同，却有一个共同点，那就是每个人的人生都只有一次，无可替代。

我和阿全旅行已经十二年了，今后应该也会一直旅行下去吧。常有人问：旅行有什么好？为什么要一直旅行？把钱存下来不好吗？

起初是好奇，是新鲜。但是当同一件事情做了十年，它就像是身体的一部分，成了自然而然的事情。如果不出去旅行，身体就好像出毛病了一样，开始出现各种症状：焦虑、暴躁、乏力，做什么事都提不起劲。

恰巧，阿全也是一样，于是我们俩就会开始吵架。所以为了婚姻的和睦，我们不得不一直旅行（哈哈）。

想必大家应该和我一样，在做自己打心眼儿里喜欢的事情时，别人也许会觉得你很辛苦，可自己却没什么感觉，对吧？

就像我们在新藏线的旅途中，最艰难的时候差点儿捡地上的东西吃。很多人不解：为什么还要这么辛苦地去穷游呢？答案很简单，因为那时候我们没有钱，但是我们又想出去旅行。没钱从来都不是不旅行的借口呀。

我们就是这样，哪怕旅途艰辛，但一想到赚来的钱可以让我们继续旅行，就让我们觉得特别快乐。

旅行是什么呢？

旅行就是让我们知道别人的生活是怎样的，生命里究竟还有多少我们没见过、没体验过的东西。

人生不止有一种活法，有的是机会选择更多、更精彩的活法。尽情去做自己真正喜欢的事情，也是一种非常棒的人生。

说实在的，因为旅行花掉了太多钱，我们也没存下什么钱留给三个孩子。那我们能留给他们什么呢？

留下日光，留下秋风，留下极地的雪，和一颗待种下的种子。有一天，种子会在宇宙的漫漫长河里发芽，长成顽强野草，打不败，烧不尽。

永远在路上

二十岁开第一家店之前，阿全问我店名想叫什么。我想起电影《摩托日记》的主角切·格瓦拉的一句话：

"让我们面对现实，让我们忠于理想。"

因此有了"流浪共和"这个店名。这个名字陪伴了我们十四年，也成了我们人生最重要的信条。

在二十岁到三十岁的十年里，我们把所有赚到的钱都用在了旅行上。

很多人问我，去过那么多国家，最后又能获得什么。全部存下来，或许能住上一间温暖的大房子，能拥有八位数的存款，能吃穿不愁。

如果在几年前让我回答这个问题，我会信誓旦旦地说"看过了世界，生活更有意义"之类的话。

而现在我却觉得，旅行能让我们发现，原来人和生活都有无限可能。

原来别人生活的地方是那样一片土地：

在你看到这一段文字的时候，阿拉斯加的鲸鱼正朝着夏威夷游去，驯鹿群正穿越冰原，灰熊在等待着洄游的大马哈鱼；

吃完晚餐的冰岛人通常都不在家，他们正在暴风雪中开车去买冰激凌；

在皇后镇辅助跳伞的教练们每次跳完需要自己将伞包叠好，像乖乖的三好学生；

还有那样一个地方，太阳终日挂在天上，仿佛永远不会落山；

……

如果这十年，放弃旅行存下钱，我可能确实不会后悔，因为没有去看过，就不知道这个世界到底有多么美妙。

布宜诺斯艾利斯

在阿根廷布宜诺斯艾利斯住着的某一天，房东说："你可以去旁边那家酒吧看一看，听说中国有部电影是在那里拍的，好多中国房客都说那部电影特别有名……"那时候，我完全没意料到他说的酒吧就是《春光乍泄》里何宝荣工作的酒吧。

夜幕降临的时候，我敲响了酒吧的门。

"你是来看演出的吗？"一位身着燕尾服的老爷爷开门说道。

"不……不是，或许是来吃饭？"

"进来吧，你可以一边享用美酒，一边看最棒的探戈。"他八字站立，一只手开门，一只手做请的姿势，绅士派头十足。

我问他有关于电影的事，他的脸上露出了回忆的表情："那时候我还年轻，张（国荣）非常友善，就像个小男孩。"

利马

那天刚到秘鲁的首都利马，到了酒店立马睡了一觉。睡梦中一直有礼炮的声音，一直睡到深夜醒来。

"晚上好，是白天太累了吧，今年的游行真是太精彩了对不对？"管家一脸期待地问我。

"什么游行？"我问道。

管家一脸错愕，"那你可能错过了秘鲁每年最大的节日！"

后来我才知道，那一天利马有国庆节狂欢。好在狂欢才刚刚开始，大街小巷都是为了庆祝而穿着盛装的人。

"唉，早知道就提前做攻略了。"我有些沮丧。

"旅行本该就不需要攻略。"阿全说，"未知对我们来说就是最好的计划。"

旅行也不总是这么美好，有时候也是真的充满意外、危险和未知的。

219国道

我和阿全两个人天生爱冒险，所以，跟团？找地接？不存在的。去没有人到过的地方，全凭的是一股脑儿的无知和勇气。

还记得我和阿全徒步搭车新藏线吗？第一天晚上，我们住在维吾尔族旅馆外的露台上，几乎是席地而睡，但床位只用四十块。

第二天，我们准备搭车，可是当时的维吾尔族的人们几乎不太会说汉语。我们两个背着五六十斤重的徒步包艰难前进，太阳炙烤着脖颈和头顶。我们正不知如何伸手，一辆运牧草垛的拖拉机停了下来，驾车的是一个戴着墨镜有着异域长相的当地人，一句话没说，只是拿拇指指了指后面的草垛。我们把包用力丢上去，手脚并用爬上了几乎一人高的车轮。

还搭过大货车，车主名叫都格儿，是新疆巴音郭楞的蒙古族，长得圆头圆脑的，眼睛细长而小，嘴唇很薄，但脸盘子又很圆。笑起来的时候眼睛是亮的，和晴朗时天上的月亮一样。

他喜欢弹吉他，长途跑车时，货车有上下两个床铺，上铺就放着他的吉他，他还小心地是用褥子把它包好，免得路不平时磕坏了。有时候中途经过驿站休息，他就会拿出吉他，吼两嗓子，唱几句又会不好意思地笑道："哎哟，现在嗓子不行啦。"

他不像别的卡车师傅喜欢扎堆聊天抽烟。累了，他就抱着吉他坐在驾驶室，看着灰黄色的山脊，垭口的风猎猎，也不说话，也不知道他在想谁。

平时是吉他一张床，他一张。后来搭上了我们，他抱着吉他睡上铺，我和阿全挤在下铺。第一个晚上因为重装徒步太久，我和阿全很快就睡沉，半夜却听见上铺一直吱吱呀呀翻来覆去。

我小声开口问道："都格儿？你没睡着吗？"

"哎哟，褥子在你们身下压着，上头太冷，睡不着。"他有些哆嗦地回答。

连忙推醒阿全，抽出身下的被子丢了上去。

第二个晚上，到了大红柳滩的驿站，跳下车，我踢了踢阿全，"昨天害都格儿没睡好，看他今天开车一直打哈欠，不然我们就在这里将就一晚？"我拿下巴努了努泥巴糊的小棚屋。

2009年的新藏线还没修好路，几百公里都是无人区。所谓驿站，也就是一些临时搭建的棚子，旁边挨着个补胎的汽修店。厕所都是竹片架起的高台，缝隙可以塞进一根手指头。通天的风从上往下、从前往后、从左往右、从四面八方而来，没一会儿就吹得屁股蛋儿冰凉。更让人焦灼的是，厕所是三人位，从竹片儿缝隙能轻而易举地就能看到隔壁的状况，所以每次都拉着阿全帮我占着坑位。

但厕所并不是最难接受的。我们走进驿站想住宿，老板举着一大串钥匙，领着我们进入柜台后面的走廊。其实都不能说是走廊，至多是走道，只有一肩膀宽，两个人遇上，就只能横着走。

走道的灯是红色的，在略显迷幻的灯光下，老板打开插销，推开门。

那是一个五平方米左右的小房间，天花板大概只有两米高，房间的灯也是红色的。房间里有一个土炕，一张看着随时会散架的红漆凳子，还有一个淡翠绿色的塑料脸盆。我略带紧张地往前走了一步，就到了床前，床上的粉色粗棉被单看着有些时日没换，上面有汗渍和一些细小的沙粒。

"……老板，这个房间多少钱？"

"六十。"

"还有没有更好的？"

"看你们都是孩子，这就是最好的。"老板说。

我还想说点什么，阿全拉住了我，"就这间。"他掐灭了我的话头。老板听后满意离开，丁零零的钥匙和脚步摩擦细沙的声音，在走道里慢慢远去。

阿全关上了门，端过凳子抵在木门后，再放上脸盆。

"这个房间是从外面反锁的！"我有些失控尖叫起来，"而且床上那么脏！"

"我知道，可是我们没有其他选择，我们不能回都格儿的车上睡，不能再影响他了。"

于是，我们没洗脸也没脱衣服，甚至连袜子都没脱，蜷着身子将就了一晚。我以为我会担心得一晚上睡不着，是不是门外有巨人正歪着头站在走道尽头等着我，或者半夜有人撬开门捅我们几刀。房间明明没有窗户，却总觉得有人在外面……结果还没幻想完我就睡着了，并且一觉到天亮。

早上睁眼，阿全已经醒了。他看着我，我看着他，两个人"扑哧"笑出了声。"其实也没那么可怕对不对？"

我们在驿站吃着带沙子的稀饭，就看见都格儿黑着脸摇晃走过来，刚想打招呼，他有些气恼地问："你们去哪儿了！"我尴尬地看了眼阿全，实在想不出来他为什么会这么生气，小心地问道："怎么了？"

"昨天等你们到凌晨四点才睡，怎么还不来，怎么还不来，哎哟。"

"就怕会影响你睡觉，我们住在驿站了。"

"等了我一晚上哟……"

在那趟旅行里，我看到了带刀的牧人，看到了藏在修路队帐篷里的枪，看到了卡车冲下悬崖，翻滚消失不见。

所以，这趟旅行或许已经不能称作"危险"，只能说无限靠近但又很幸运。而且，遇到了善良又赤诚的都格儿大叔，已经很知足了。

杰伊瑟尔梅尔

我们以为最危险的是已知，而实际上，自然中藏着无数我们难以预料的危险。

2015年，我们去印度最西端的城市杰伊瑟尔梅尔，那里被黄沙环绕，沙漠腹地住着许多流浪的吉卜赛人。据说他们一生只洗三次澡：出生、嫁娶和死亡。

我们一行有五个人，除了我和阿全，还有三个日本大学生。我们骑着骆驼，顶着烈日，摇摇晃晃地向沙漠腹地前进。我披了一块纱丽，所以能挡一些日光。当地的向导煞有介事地叮嘱我们小心吉卜赛人，他们会"妖术"。他指着沙漠与城市交界一些漆黑黑的帐篷说："那些地方绝对不能进去。"

"倒是希望她们能邀请我进去坐坐。"我轻声嘀咕一句。

摇晃了大概一个多小时，向导说下来休息一会儿。我脚刚落地，烈日下的沙子像是热油一样流进了拖鞋和脚底板的缝隙，忍不住蹦了起来，"好烫！"

大概是我吓到了沙漠上的居民，在蹦跳的时候我突然感到脚底一麻，瞬间右边下半身就没了知觉。低头一看，是一只挥舞着尾巴的红棕色蝎子蜇了我。手比脑子快，迅速脱下一个鞋板子，狠狠拍死了它。

当我瘸着腿回到驼队，和向导说了被毒蝎子蜇的事儿，他的表情从错愕变为紧张，然后就开上车呼啸而去。没一会儿，他带回了一大包白糖，然后用塑料袋将白糖包裹着我受伤的脚。"谁有布？"向导问道，同行的日本学生立即解下了她的长头巾。最后，我的脚被包裹成了一个巨大的粽子。向导脱掉自己开了口的皮鞋帮我穿上，连说带比画："这是当地的土办法，可以吸出你身体的毒素。"

第二天回到旅馆和老板说起这事，他立刻问道："有没有打死它？"

"刚蜇就打死了！"

"幸好幸好，怪不得你能活着回来，"老板抚摸着胸口，"这是沙漠里一种很厉害的毒蝎子，吉卜赛人能操控它们去害人，如果不及时打死，吉卜赛人跳起舞来，毒液会随着舞蹈迅速扩散。如果你的腰以上开始没有知觉，心脏就会迅速麻痹。"

我倒吸一口凉气。就这么小小一只虫子，就能置我于死地？是我们骆驼队伍打扰到沙漠里的吉卜赛人了吗？还是我们太过吵闹？总之，从此以后我再也没有靠近那些黑色麻布帐篷。

那个傍晚沙漠刮起了大风，我脱掉纱丽裹住头发，脚上还绑着那长长的布条。饭毕后，向导从沙漠中拖出铁床，我们以星空为被，沙漠为床，睡了一夜。

一切都太魔幻，一切都太浪漫。

暴风雪下的山

这两年旅行，去偏远地方少了一些，危险也随之变少，最近的一次是2020年攀登玉珠峰，到达C1营地，我们准备第二天凌晨三点冲顶。向导说："放心，明天天气超好。"

半夜起了大风，蒙古包帐篷被吹得猎猎作响，伴随着缺氧的头痛，我却做了一个梦。梦里有个平刘海的短发小女孩带着一条小狗绕着我们的帐篷跑，不知跑了多少圈，她停下来，睁着闪闪的眼睛对我说："姐姐，你不要上山，会没命的。"

"可是我一定要登上山顶啊。"我说。

那个女孩低着头，低声说："那你一定要赶紧下山。"

顺利登顶后，我们碰到了暴风雪，几乎是跑着下山的（成了那一年最快登顶并下山的纪录），到了山脚和向导说起这事，他异常沉默。

"我们玉珠峰，遇难的人特别少。"许久他开了口，我有些不好的预感。

"有一年，有一个小女孩出事了，就是平刘海的学生头。"

听到这个话，我脑袋一片空白，甚至忘了呼吸。直到现在，我还一直说服自己，那一定只是一个梦，可是，也很庆幸我做了这样的梦。

随着旅行，看过的世界越多，走的路越远，我越相信，这世上所有的生物都是有灵气的。

不管是印度沙漠上冰冷的夜晚、蓝色的沙丘，还是风雪里出现的带着小狗的女孩，或是隔壁闪着红色灯光的房间，在很多很多年后，仍清晰记得。

年轻时最厉害的是勇敢和无畏。尊重每一种事物的存在，接受一切合理或不合理的发生。我们可以不局限在城市，不局限在房子里。

在杰伊瑟尔梅尔沙山顶端，一张破旧的铁皮床，我用纱巾裹住头，看了一晚的星星。只会用英语说"你好""再见"的向导用手比画着告诉我们：世界，是圆形的，很大，很大。

一定要有结局吗？

早上陪孩子们骑马，休息的时候，村民铁柱突然问：

"你会鲤鱼打挺吗？"

"啊？"

"就是躺下跳起来。"

然后一个四十好几、长相异域的俄罗斯族大汉，就在草地上表演了起来。

接着，一起骑着马的一伙人好像开启了某种机关，练武术的练武术，翻跟头的翻跟头。孩子拔起一根草递给我，"妈妈快尝尝，有黄瓜的味道。"

在这个无聊的上午，一切明亮都鲜活了起来。

八月底有好友来木屋玩，不巧碰着连下两场雨。

草原上的村民们总是盼着雨的，因为雨水过后牧草肥美，又是打草、摘果子、出蘑菇的季节，就连孩子们都一个劲地摇晃着我的手臂：妈妈，下雨可太好啦，草坪都不用浇水啦。

哦对了，我们新种的黑麦草长出来了，洋洋洒洒地生长了门前的一大块地。黑麦草耐寒，颜色是鲜亮的冷绿，有风吹过会在草尖上留下一道风躺过的痕迹。太阳好些的时候，我们一家人会搬来两张行军床，爬在上面晒晒背。

可新来访的朋友可不这么想，一大片云就像湿湿的抹布在天上挂着，草坪的调子更冷了，对于天气，也没办法指手画脚。

"你来草原，到底是来做什么的？"好友边刷着手机突然问，"我才待了两天就觉得无聊了。"

"就是住着啊，"我从书中探起头，"看看云，听听风，就很快乐啦。"

"就为了快乐？"

"对，就是为了快乐。"我强调。

每个落日都有尽头，而草原的故事却不一定有结局。

村里来的年轻人越来越多，在村子西边，通往朝阳村的小道上总有散步的少年。

"嗨！"我们开车路过，打个招呼。

女孩子迅速和男孩子分开，脸红彤彤连成了一片。

阿全忽地拍打下我举起的手，"人家恋爱呢！你在干吗！"

"打招呼咯。"我吐了吐舌头，为不知好歹羞愧半秒。

在后视镜里，女孩子与男孩子隔着一臂距离，随着走路的浮动不经意地拉开了距离，又靠近，就像晴天时早晨飞速变换的云。

"恋爱真好。"轻轻感叹。

因为没有结局，过程中的每一个触碰都值得反复回味。

在布宜诺斯艾利斯住旅馆的时候碰到过一对法国夫妻，觉得城市的节奏太快而来到阿根廷，因为喜欢这个艺术街区而留了下来。

他们看到这个街区有很多老房子，里面住了不少流浪汉和艺术家，破烂却浪漫。

"有没有可能拿它开一家酒店？"妻子问。

丈夫看着这栋破旧得已经分辨不清原来墙体颜色的百年老宅，抱着她的肩说："好啊。"

听这个故事的时候，不由自主地抬头看向旅馆黄色温暖的乳胶墙漆、燃烧的壁炉，想起房间里柔软的大床和要开好一会才热的水龙头，对面是温柔地抚摸着肚皮的女主人，没错，后来他们有了孩子。

她问我："活着，一定要有结局吗？"

"我们曾经在城市里做着有头有尾有规划的工作，可有规划地活着，并不是我的梦想。来到这里几乎等于重新开始，修缮这个房子几乎花光了我们所有积蓄，未来又一片未知。可我们并不害怕，因为这是我们此刻感到快乐的事。你看，现在不就赚到钱了。如果不是做快乐的事情，我们是坚持不下去的。"

"快乐，最重要。"

旅行时碰到的人对我说的话，慢慢地实践成了信条。

来到草原，也是做过的快乐决定。

草原上的晴天总是很多，夏天的气温又只有二十来度，七月的时候就把全家都接了过来。无聊的日子对我们可能刚刚好，可对于退休的父母来说又太过无聊。碰巧隔壁有人撤摊，我们便凑上前去打听。

"水果摊一天能赚多少钱？"

"少的时候七八百，多的时候一千三。"我的婆婆眼睛瞬间亮了。

"什么水果好卖？"

"苹果、梨、杏子、李子，西瓜一定得是切好的，这些都不错。"

糊里糊涂地，我们接下了他的帐篷、电子秤、包装盒和保鲜膜，拿出旧木板钉了一个立式站牌，用丙烯写上"流浪水果摊"。

"够他们忙活一个月的了。"我拍了拍手。

谁能料到，大家会因为营业额破千而齐声欢呼，也会为了逗婆婆开心，拿了吉他和口琴轮番"卖艺"。阿全这个商人脑子，还批发了

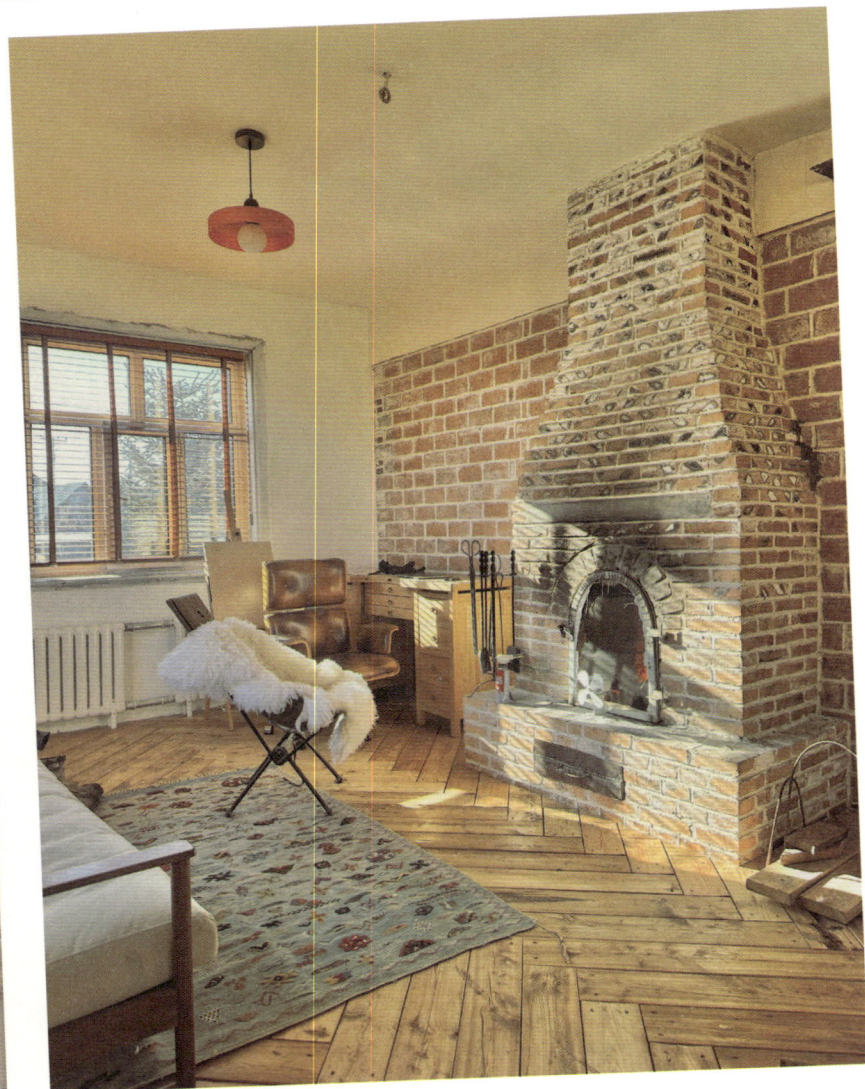

流浪小木屋

一大箱套娃，买水果就送一个。

　　忙活了一个多月，也就是消磨了时间，家里有吃不完的水果，还赚了几千块。虽然不是什么特别值得骄傲的事，却让草原的夏天更加丰满。

　　你们瞧，活着就是来体验的嘛。在城市里，我们总觉得一定要干成点什么，好像普通人的一生就不值得说道。可是每个普通生活里都有闪闪发光的时刻啊。

　　抓到一条大鱼，去村边的随机一座山上看日落，一瓶啤酒，一场暴雨，一片野花，一朵好笑的云，几片金黄的叶子，都是让人感到无比松弛的时刻。

　　有一天在雨里骑马，路过一群拦路牛在慢悠悠地吃草，两位蒙古族牧民就在一旁"打架"，正想劝两句，才听见他们在笑。

　　"摔跤谁赢了？"我大声问道。

　　"嘿！当然是我咯！"他们异口同声。

第四章

草原啊草原

草原教会我的那些事

作为土生土长的南方人，来到了呼伦贝尔定居，发现好多有趣的事。

1. 冰箱不是用来冰东西的，而是用来让东西不被冻坏。

十一月一日这一天开始，呼伦贝尔就迎来了真正的冬季，室外已经到了零下十几度。

一开始油盐酱醋酒和茶都是放在屋子里的，因为每天烧着柴火，倒也不觉得很冷。有一次出门办事，过了几天才回家，屋子里都凉透了。一进屋，除了冰窟窿似的冷，还弥漫着一股醋味。

顺着气味我往里走，只见冰箱下什么黑乎乎的液体淌了一地板。我赶忙拉开冰箱门一看：油还健在，醋、酱油还有红酒全都炸开了。

"……你把冰箱电源拔了？"阿全问。

"我看天气那么冷，东西应该坏不了……"

"是坏不了，"阿全按了按脑门，"但是会冻住。"

因为是原木的地板，渗了东西根本擦不掉。于是之后的一整个星期，我们家就像是一大盘子菜，还是糖醋味的。

2. 房子会动。

装修房子前，几乎所有村民都来我家"指点江山"，大家都对装修有不同的见解。这个说，要想冬天住，就得用苯板，再贴木；那个说应该用水泥，再往木头垛里塞树毛。

每个村民你一句我一句，阿全发愁了，到底该怎么做保暖才好呢。

最后我们决定，保留原来的木头垛，把老化的缝隙塞上树毛，重新和一层水泥，再贴上苯板，最后挂一层水泥网。

"嘿嘿，这下所有法子都用上，一定不会再冷啦！"我有些得意。

直到冬天真正来临，我才发现金帝超市地面的瓷砖挤压断裂，成了一座小山，我们家天花板的水泥也裂了一条大缝。

"这儿的房子真的会动！"我惊叹道。

阿全安慰我说："每年修一点，再烂的房子也会变好的！"

3. 在冬天，水泥、油漆都是干不了的。

买下小木屋的第一件事就是立围栏。由于和邻居挨着的地方是一层铁丝网，我就拎了两个柚子，和隔壁邻居戴叔打了招呼，问能不能换成木栅栏。

"当然行，其实拆了都行，还可以来我们家院子里玩来。"戴叔豪爽地说。

院子不小，两家相邻的长度也有二十九米。我量好了尺寸就着急问了几个木工，谁知道木工一开口就开了六千的高价。

戴叔知道这事儿一跺脚："栅栏没有冬天打的，这儿都是冻土，得凿开，和冰块一样。说能打都是糊弄人的，给你浇水冻上，天一热，全白弄。"见我们还不愿放弃，他接着说："着什么急呢？你们还不如

春天弄，五六月份土都软了，才站得住。"

五六月份，好漫长啊，得半年呢。

我还是不死心，又问了几个老人，一听我想立栅栏都哈哈大笑，笑得我都不好意思了。

后来住得久了，买了马，就想给马安个家。没一个月马厩就盖好了，等着手刷油漆的时候下起了雪。

"赶紧干！"我招呼阿全，"冷了不好活动。"

邻居见我们在刷油漆探过头来，"刷油漆啊？现在这天不行，一开春全得掉。"

"全掉？"

"嗯，粘不住。"

"那太好啦！那明年就可以换个颜色啦！"

4. 房子长久没人住会长草。

春天的时候回家给孩子过六一节，回去了一个月，等我带着孩子们回来的时候傻了眼：满院子的蒿子，长到了一人多高，杆有拇指那么粗。等拔完草、理完院子，已经是十天后的事情。

"要是一年不住啊，房子里面都能长草！"村民瞪大了眼睛。

"那为什么对面那家那么干净？院子看着打理得可好了。"

"你说的是下一个路口那家？上次什么时候去的？"村民问。

"前年买房的时候。"

"你再去看看吧，"他神秘地眨眨眼，"去年有个深圳的女孩买走了，一直没来，现在屋子里都长草了！"

5. 永远要有两手准备。

因为装修进度很慢，所以我们一直都是烧着柴火过日子。呼伦贝尔的冬天长达半年，直到第三年才装上了电暖器。在这之前，所有老房的木头都被烧了个干净。

但是光烧柴火还是凉，朋友老白看我们冷得直哆嗦，问我们要不要去他家住，他家已经全换了电暖气，一面火墙都没有留。

我和阿全对视一眼，婉拒了他的邀请。

暴风雪来了，刮倒了电线杆。因为停电，也没有事情可做，于是阿全提议去老白家串门。进了门却发现屋子空空的。

"人呢？"我问。

这时，老白的电话打了过来，"在家吗？停电了，我电暖器用不了了，来你家烤会儿。"

我和阿全对视一眼，"一会儿别太骄傲哈。"他叮嘱我。

"好的好的。"然后步子轻快了起来，嘴角的笑怎么都压不住。

活了这么多年，我突然发现城市里的生活技能在这里好像都不适用。就像进入了多元宇宙里的另一条支系，我就像穿越到了一个生活在草原上一座背靠着雪山的木屋里的陌生人的人生里。

别说，还挺好玩儿的。

离开

每次回小木屋，最讨厌的事情就是——又要离开了。因为穿梭在杭州和内蒙古两地，一年里就要辗转近二十趟。每次走的时候，都会有数不清的难过。

这次原计划只回来待一周，没想到硬生生拖到了快半个月。

"那最后两天，我想要再玩一次爬犁，还要骑马，"我打起精神来，"最后两天，就开开心心的吧。"

冬天的呼伦贝尔，有很多生活上的不便。比如天太冷，路太滑，吃饭也不方便。可是我还是好喜欢这里。

有一天晚上，下起了雪。漫天的雪花落在手上半天都化不掉，半个小指甲盖那么大的雪花，有着冰晶的六边形结构，可真漂亮啊。

屋子里烧着壁炉，灯光昏黄。我们互相拥抱着，他把下巴抵在我的额头。

冬天的村子，安静得出奇，却没有人觉得意外。窗外扑簌簌落着雪，令人惊奇的是那么小的雪花落在地上竟然会有声音。

有一天，我们跑遍了镇上所有开着的超市，买到两根玉米，然后用新买的烤箱和从杭州带来的美妙黄油烤了一小时。我们在雪地里香喷喷地啃着，真的觉得好幸福啊。

为什么这么小的事情，都能觉得这么开心呢？

我想，正因为是寒冷，大家更珍惜温暖，珍惜食物，珍惜现在拥有的一切。

等寒冷过去，来年的春天我们就打算接着装修。房子也裂了，瓷砖也裂了，那就修呗。

这个屋子虽然不完美，但正因为这样，才有了念想，才有装扮它的契机。

我想，生命本就是残缺的，就是因为活着的一点点填补，这些日子才会越来越灿烂。

这个偏远的小小木屋，让我们的生活更完整，真好。

再见啦，我的小木屋

离开小木屋的那天，下了大雪。

根据阿全的说法，那几天每天早上六点，天微微亮，我就猛地弹射起来：下雪了吗？！

每次，包括今天，他重复着一样的动作：拉开窗帘探了探头，然后有些遗憾地对我说"没有"。

终于，当我憋不住尿，打开门冲进零下三十多度的寒风中，向旱厕走去时，突然，我停了下来，有些不可置信地抬起了头，发现空气中飘浮着一些小白点，竟然是细小的雪粒！它们慢悠悠地晃进了眼睛里，迅速化开。我不敢相信地伸出了手，小雪花俏皮地落了下来。

"全全！"我忍着回头尖叫着跑向木屋敲了敲窗户，"快看啊！下雪啦！！！"

"真的！那赶紧回来收拾，要早点出发去海拉尔，路面结冰开得慢。"

等了那么多天终于下雪了，可是我要走了。

进入冬季后，如果要空置房子，是有很多步骤的。

第一，我们的房子是纯木质结构，连地板都是纯松木，所以要关掉所有电闸和电器。

第二就是放水。把所有储藏的水都放掉，水管、水箱都放干净。屋子里也不能有水，不然屋内温度一到零下，水结冰了就会炸开（有了之前冰箱的经验，我们把所有的调料酱汁全部送给了朋友）。

马桶就有点麻烦，必须冲洗干净后用抹布把水分全部吸干，不然下次见面的时候就是裂开的马桶了。

第三，把所有纯实木的家具上一遍木蜡油，也是怕它们冻裂了。屋子里的家具都是从杭州运过去的，南北湿度完全不同，这里的雪干燥得像沙粒一样。餐桌的边缘已有开裂的迹象，把我心疼坏了。

清扫壁炉、桌面，扫地，检查监控。最后一步就是上锁了。

在遥远的呼伦贝尔，最冷的时候到达恐怖的零下五十摄氏度，电子锁会掉电失灵，因此一定要用机械锁。用钥匙的最好，如果是密码锁，拨轮也会冻住。主屋、书屋、仓库、二期、大门、侧门……阿全一一上锁，然后拎着钥匙向我走来。

"要是在广东，你这一大串钥匙就是标准包租公。"

"出发吧，我的包租婆。"

走的时候回头望了望小木屋，雪大了一点，积了点雪。虽然天气阴阴的，但是雪下的木屋比晴天时更浪漫。

阿全坐在车里，摇下了车窗。"舍不得走啊？"

"是啊，舍不得。"我的眼眶有些酸胀，鼻子也因为突然降温冻得直流鼻水。

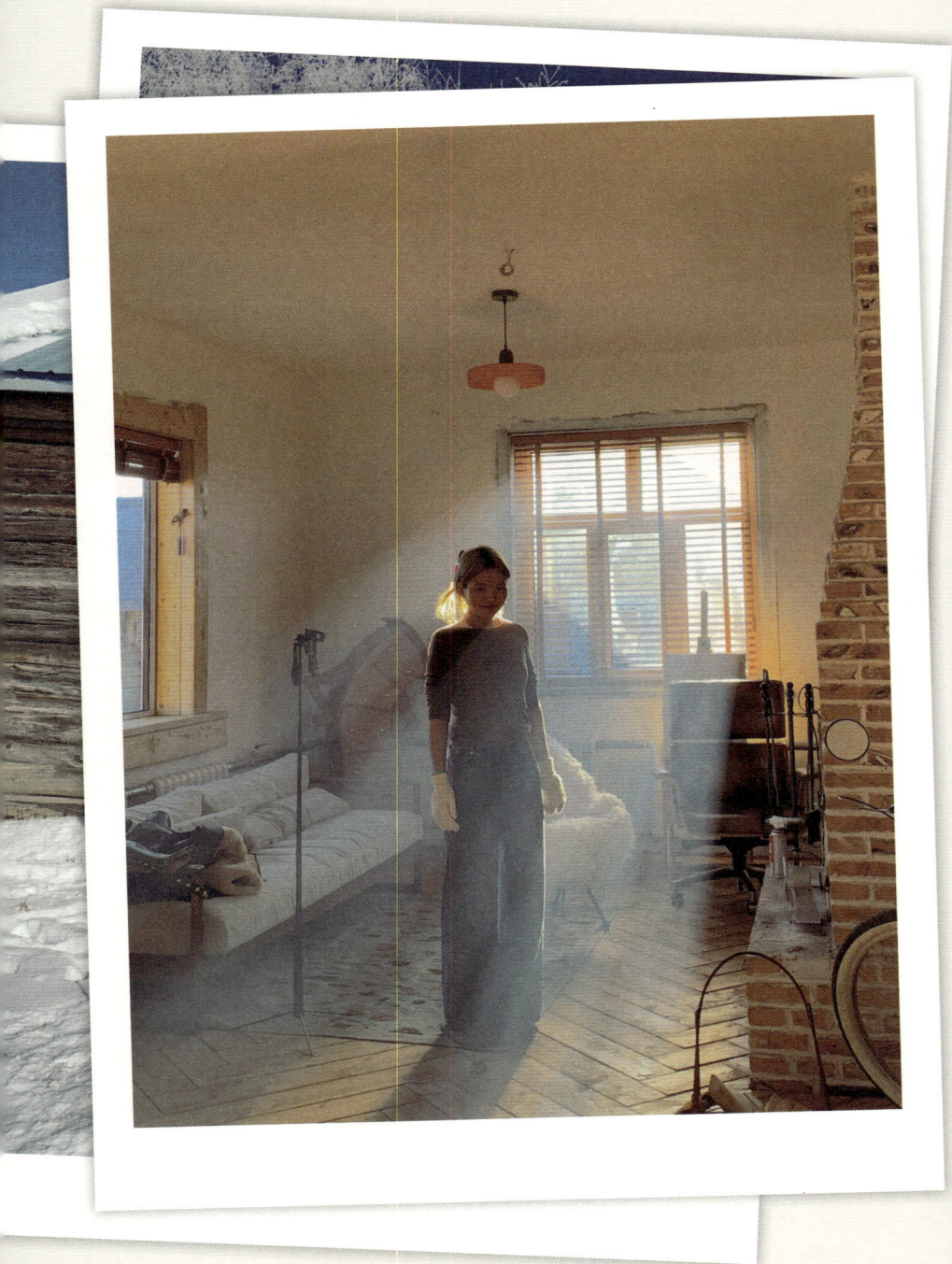

流浪小木屋

"那不走了？"

"还得回去工作呢，离开太久了。"我揉了揉快要冻上的睫毛，再看了一眼房子，头也不回地坐上车。

路过派出所做报备。"还回来吗？"登记的民警问道。

"那当然。"我脱口而出，心里想：这里可是我的家啊。

春日归期

　　在草原上生活是新鲜的，但同样的日子过了一天又一天，起初我只是躺在沙发上看天上的云，慢慢地就开始想念城市的家。什么时候会回去呢？不如过两天回去一趟吧。

　　麻溜订好了票，可归心似箭的心情在有了归期的那一刻，忽然就消失了。

　　从这一天起，我开始无限留恋起草原来。

　　留恋壁炉里朦胧的噼啪声，留恋八点的夕阳，留恋一天到头明亮的木屋，还有院子里可爱的四只小羊、十一只鸡和一匹马。

　　从前在杭州时，经常要时不时地飞到世界各地，不为别的，就是为了脱离同样的生活。然而离开杭州搬到呼伦贝尔时，却觉得空气都是香的。

　　杭州也是美的，她的美带了柔，是烟雨朦胧下的诗意，和大草原完全不一样。草原美得大气粗犷，她是大胆的，热烈的，鲜艳的，直观而壮阔的。

而现在，再过三天我就要离开草原了。时间突然变得好快，干了这件事，就想着没时间干那件事了，心里的焦急开始膨胀，却无法阻止三天后的来临。

这一天终究来临。

照例六点半起来，太阳已经很高了。一开门四只羊就站起身叫了起来。

不理会此起彼伏的叫声，径直走到大门奶箱里取出牛奶，倒入锅中打开小火。接着看了下鸡圈，又没水了，我心想。

添了水，喂了鸡，喂了羊，煮牛奶，切列巴，取果酱，扫地，吸尘，擦桌子，和以往的每一天没有任何区别。

干完这一切才不到八点，我坐在门口看了会云，清晨本来是阴着的，这会儿被吹开了。天上的云还是很低，一团一团的，强势的光线从云团缝隙里投射出来形成漂亮的光线。

透过栅栏缝隙看远处，阿全也专注地干自己的事：浇水。

中午邻居邀请吃践行饭，娜佳姨做了满满一桌子菜：秘制酱汁野葱拌莴笋，土豆炖牛排，洋葱苹果沙拉，火龙果红豆糯米饭。

在餐桌上和娜佳姨聊着天，看着她明亮的脸，眼睛忽然一下子就湿了。

"你别这样，你这样我也想哭了。"她赶紧过来搂住我。

可是我怎么也忍不住，呜啦啦地哭了起来。

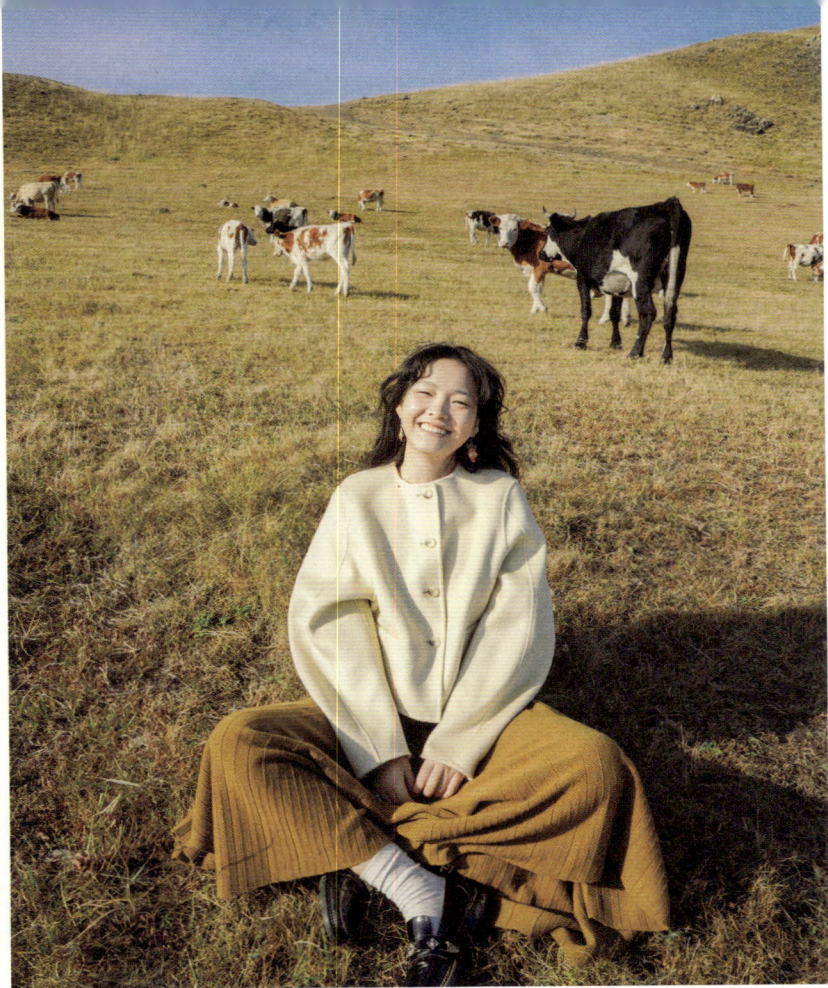

"马上就能再见的。"阿全起身搂住我，轻拍我的后背。

去机场前还见了阿敬，他给三个孩子都准备了礼物。聊完天，他又送我们去机场。上电梯前落日映着他们几个人的背影，镀了一层金光。

回到城市

杭州下午两点的太阳晒得人昏昏沉沉，摇摇欲坠，入眼的绿色都是烫人的。

回来的时候已经是六月了，可这时草原上还需要穿绒的外套，羊毛衫也还没脱下。

在草原上，每天打交道的人更多的是东北过来的民工。他们中的大部分人因为住宿条件不便，衣服鞋子常常好些日子都不换，沾着泥、土、灰尘。可在那生活的时候没觉得这是不合理的，我自己的鞋子也总是脏的。

我的朋友们不再是漂亮的女孩和男孩，还有了满脸褶皱、头发污糟、总是戴着帽子的牧羊女，拿着铁锹、左摇右晃的农民，还有叼着烟的当地奶奶。

在村里，傍晚时分，有些伯伯会穿着毛线裤在外晃悠，民工会在中午去大河边下网加餐，就连在院子里立桩子的力工也会在休息的空当把院子里的婆婆丁全部挖走。

有时候，和这些人们一天会见上好几次，但每一次都会高举起手打招呼。如果是坐在车里，就会按两下喇叭。草原上的喇叭声不是为了催促人赶紧离开，而是告诉对方："我看到你了。"

城市里好像什么东西都有标价。而草原上的生活说不清楚，那轻柔的云、绵软的小羊、好吃的牛肉、奶皮子极厚的牛奶、地里挖的粉土豆，还有陈叔经常去道边采的野葱，似乎都是大自然馈赠的。

草原上的木屋是便宜的。即便加上装修，也并没有那么昂贵，贵的是时间和精力。

而生活，本是花不了什么钱的：早上的牛奶三元一斤，列巴六块一个，果酱总是邻居们送的，有时候也会托别人从额尔古纳带奶油回来，打发之后蘸面包吃。中午一般吃面，朋友来了就涮锅子，牛羊肉加上调料也不过一百多块。

日常去哪儿都是步行的距离，稍远一点就骑电动车。

东西买来用就好，因为都是必需品，没有选择，没得挑。买来的农具要是不好用，就找来小刀一点点削平，画上图案再刷清漆，把物品都磨合到最称手的状态。

而城市里，东西来得似乎太容易了。

回来城市五天之后，感觉城市真的太吵了：说话声、车子来回疾驰的呼啸声、音乐声、喇叭声……

而在草原上，只有风裹挟着松林摇晃发出的巨浪的声音，像是滞后的、缓慢的、浓稠的海浪。

难怪以前阿全从呼伦贝尔回来，总是说不习惯，总是沉默。

在草原上，社交是需要跨越大片草原的。而如果你不想接触任何人，只要把院子的门关起来就可以了。我生活的村子在夏天会有非常多的游客，即便如此，只要把大门锁上，大家并不会打搅到我的生活半分。

想见朋友们的时候，他们会开车上百公里来家里做客，带着刚宰的牛羊肉或一箱啤酒，煮着火锅，就着云，木屋里充满着鲜肉的香气。大家聊天，大笑，听音乐，说故事，唱歌。

在草原上，那些虚无的欲望就像开了瓶盖的碳酸饮料，通通跑掉，非常平和，非常简单。

在这四千平方米的土地上，我就像个国王。

石记

流浪作家

　　一直在想，写这本书的目的是什么。毕竟写故事写了那么久，从来也没有想过出版一本实体书。

　　直到有很长一段时间，我发现做什么都不快乐。

　　努力工作不快乐，旅行也没那么兴奋了，似乎每天上班、下班、吃饭、走路，干的都是重复的事。

　　想像小时候做梦那样去很远很远的地方，去很高很高的山上。

　　于是我开始登山，从海拔五千米，到六千米、七千米的雪山，现在，我将要开始攀登八千米的雪山了。

　　随着山爬得越来越高，离开社会和社交媒体的时间也可以越来越久。我突然想知道，如果把一切所谓"使命感"的东西全部抛掉，生命中还有什么，我能不能为自己活一次。

　　后来，我来到了呼伦贝尔。

　　我竟然从来不知道，自然是如此安静，安静的风从白桦树林里吹来，你甚至能听清它的轨迹。四季如此分明，春天的大风、干燥的阳光和每一天都在变绿的草地。夏天油润的牧草，秋天明澈的天空和金色的树叶，还有冬天，我最喜欢的冬天，以及席卷一切、覆盖一切的白雪。

　　每一个季节，都充满惊喜。

　　我生活的这个小木屋，原本是七十年前由当地村民建造的，过了两手到了我这里。原本破破烂烂的小屋子有了水，通了电，换了巨大的玻璃窗，每天入眼的景色都不一样。

　　自从有了小木屋，就有了干不完的事，真的干不完。每天都很忙，可确切做了什么呢？完全不知道。春天来了之后，白天的日子是那么长，长到天亮以后就想起床，夜晚彻底黑去就想睡觉。

　　城市里的清晨六点能干什么呢？我只会拉上窗帘再多睡一会儿，或者看电视、玩手机，总之没有什么新鲜的事让我想起床。

　　可是草原的生活不一样，一早就要去看看鸡崽是不是都活着，然后去大门那儿取村民送来的刚挤好的新鲜牛奶，一半煮开给自己喝，另一半热一热给小羊喝。

　　等忙活完一切，带着干草和牲畜的屎臭味回到小屋，切上两片面包，涂上新鲜的果酱。暖洋洋地享受完早晨，不过只是七点半而已。

　　在这里，最强烈的感觉就是想活着，想好好活着，一直活着。每一天都有新的盼头，能感受到生命在真实地流动着，并滋养着每一分钟活着的感受。

　　随着这些细微的变化，身体好像变得崭新，每个细胞都开始喜欢上空气、绿芽、鸟鸣、水流的声音。

　　当然，地域的变迁也带来了气候上的显著差异。作为一个土生土长的南方人，在北方的生活，一开始还真是不习惯。

　　差异最明显的是气温，南方一般只有两季：夏季和冬季。而草原上四季分明，每一天都能感受到季节的更迭带来的变化。

　　湿度的差异也相当大。呼伦贝尔的一年四季都特别特别干燥。起初我只带了普通的护肤品，结果脸蛋止不住地爆皮，后来购买了最滋润、最油腻的面霜，才终于缓解了一些。

草原上的日晒也是格外慷慨，如果不做好防晒措施、不戴帽子的话，一天的工夫就能晒得判若两人。

到了冬季，这里的寒冷令人印象深刻。从十一月初就开始飘雪，气温急剧降低，不到一个月，气温就会轻轻松松地跌至零下四十多度，而这样的低温会一直持续到来年的三四月份。

可是，我真的好喜欢、好喜欢这里的冬天，它满足了我对冬天的一切幻想：妖娆的火焰、木柴噼里啪啦燃烧的声音，甚至能听到白雪簌簌飘落的声音。曾经的一切尘嚣都被笼罩了起来，只剩下松软、白净的雪。雪大的时候，整个院子都被厚厚的一层雪盖住，让人舍不得踏进去一步，像是天上的云朵做成的棉被，让院子里的野草做了一整冬天破土的梦。

在这里，水、电、取暖，这些在城市里最最基础的东西，竟然成了我们生活中的重中之重，时而让人欢喜，时而让人忧虑。

几乎每一次洗澡，我们都会心怀感恩——竟然在草原上洗上热水澡了。水是一百米以下的深井抽上来的，像坐电梯一样来到了水管里，再进入热水器，最后舒舒服服地落在了我的身上。

而到了冬天，保暖是这里最需要关注的事情。在零下四五十度里，一切液体都能在一秒钟之内被冻上。我们用柴火点燃壁炉，烧热了墙壁，让屋子开始升温，直到舒适的二十多度。

这片土地，慷慨地给予了我最需要的一切：粮食、水分和温暖。

我不再想着逛超市，因为院子里有想吃的一切：土豆是入口即化的，生姜是不辣但鲜香的，绿叶菜浓郁清爽，每一口都让人格外满足。

作为一个体验过现代便利的都市人，我曾经将便利的生活视为理所当然。而来到草原上，我似乎看到了生活的本质：只要吃饱、穿暖就够了。我学会了对一切额外的收获都心怀感激，而将不必要的物质、

后记

信息和人际关系剔除出去。

　　是的，草原上也有很多生活的困难，突然没有电啦，装不了网啊，水又冻住啦……随随便便一点小事儿就能把人急哭，甚至要折腾好几个月，时常让人灰心沮丧。但我知道，这不是因为我没用，而是因为我没有这些生存经验，所以我并不气馁。等沮丧的情绪过去，我甚至会感到心里燃起了斗志；要是困难解决了，那种成就感更是无与伦比。
　　更何况，村子里的大家也一直在无私地帮助我呀。
　　我对此深怀感激。

　　偶尔村民也会好奇地问："你们俩来这里到底是做什么？开民宿还是搞旅游？"
　　"我们俩来这里几乎什么都不干。"
　　我们不计较小木屋到底实不实用，只是简单地生活，关注自己的感受，感受"活着"的每个瞬间，然后就发现每天都充满了生机，每一天都舍不得结束。
　　面对生活的低谷，我想，比起到处找安慰、找依靠，最好的方法依然是：好好吃饭，按时睡觉，和时间成为朋友，耐心等待，慢慢恢复，最终走出来。

　　梭罗曾说："我步入丛林，因为我希望生活得有意义，我希望活得深刻，并汲取生活中所有的精华，然后从中学习，以免让我在生命终结时，才发现自己从来没有活过。"（*I went to the woods because I wished to live deliberately, to front only the essential facts of life, and see if I could not learn what it had to teach, and not, when I came to die, discover that I had not lived.*）

流浪小木屋

十三
阿全
编著

wandering
nomadic cabin

日记

人民邮电出版社

北京

零下
四十六

转机的时候我有些开心地对阿全说："外面零下十八度呢。"

阿全给我看了下手机："恩和今天又零下四十六。"

零下四十六是什么概念？我还真没体验过，想想都刺激。

降落前，机舱里的温度骤然低了下来。斜着飞行的时候，大片反光的雪原从窗户里透了进来。熟悉又迷离，这片荒原在呼伦贝尔的西北部，或许对于很多北方人来说是不毛之地，而对于生长在南方城市的我们仿若是伊甸园一般的净土。

阳光洒在机翼上形成了耀眼的反光，而雪原则是冷紫色的，能看到地面的长排红棕色云杉。

下飞机的一瞬间，冰冷的寒气包裹全身。呼出的气、口、鼻，甚至头顶都在往外散发热气，我感觉所有的热量在快速流失，只能抓紧外套裹得紧一点，再紧一点，好像就能把温度留住。

村里的邻居说来接机，她不让我们租车。

"你们家没暖库，车都打不着的。而且不好开，费那钱。"

不租车，最开心的当是阿全。我小声和他确认："说好不喝酒的哦！"

"不喝不喝，谁喝是小狗。"

"汪，汪。"我叫。

没想到，来接的竟然是娜佳阿姨和陈叔。

娜佳一如往常爱笑，热情地抱住我，眼睛就一下子湿润了。要命，为什么两个人都来了呢？陈叔依旧不说话，低头接过大箱子，什么也不说就往出口走。

"昨天还零下四十一呢，"娜佳姨说，"你们一来，天都变好了。"

呼伦贝尔今天是暖和的，从雪到手指头，都透着开心。

回村的这一天是很忙的，得先去海拉尔买酒、买肉、买下酒菜。然后顺道去额尔古纳见了朋友，取了快递。等回到村子里已经将近晚上七点了。因为一直在车里也没觉得冷，直到到了目的地，在院子跟前站了一会，才觉得脸开始发僵，明明没有风，却辣辣地生疼。

阿全往下卸行李，突然在门前站定。

"我们院子里有脚印，"他说，"好像到这里就没有了。"

"是谁进来了呢？"

不知道是谁把我们回村的消息传了出去，一定是"高速八卦群"吧，各种信息争相跑了进来。

"今晚来我们家住吧，这天气冷，你遭那罪。"

村里人总心疼我俩遭罪，可是对于南方小土豆来说，这样的厚厚的雪，一望无垠的雪，温柔的，松散的，白净的，才是我们所期待的啊。

现在能告诉你们啦，零下四十六，出门一分钟，鼻毛都粘到了一起，明明穿了很厚的裤子、很厚的袜子和鞋子仍然觉得冷，冷得想发笑，笑得停不下来。

想到昨天晚上就觉得好笑。

我们还没有在零下二十度的屋子里住过。火是生起来了，但房子冷透了，地板、天花板、墙壁、烟囱管，都是冻着的，在三九天想要烧热它可是得费点劲了。

什么感觉呢，在火墙子没热之前，靠着正烧得滚烫的炉子边，感觉也是冷的，手和脸是热的，背和腿是冻的。于是就像烤羊肉串似的不停地翻着身。

阿全说："你快去床上躺着吧。"

钻进被窝，被子也像冻铁皮一样凉，甚至比站着还冷。我一下子跳了起来，又回到炉子边当羊肉串。

可还是冷，而且冷得发困。头挨着火墙，脸埋在腿中间，脑子就开始昏昏沉沉。想睡觉，全身又是冷的。阿全又提议"你睡睡袋，衣服不脱，我来烧炉子把屋子烧热一点。"

钻进睡袋后什么都不记得了，只知道一觉睡得很沉。梦里我天天背着包、戴着手套和三个崽一起去原始森林里爬山。有个孩子问："妈妈，你穿这么厚不热吗？"

低头看了看自己，再看看穿着冲锋衣加短裤的孩子们，感觉自己像个傻瓜。

接着就醒了。

身上还裹着羽绒服和手套，空气是冷的，好在被窝暖和了。

阿全已经起来烧火了，房子里又凉又暖的，矿泉水们还是直挺挺的，像是保龄球瓶似的大冰块。好在不冻人了，舒服不少。

"几点了？"

"刚好八点。"阿全鼓捣着炉子，拨了几下里头的木柴。今天烧的杨木，没一会儿就烧散了，摊成一整片的红炭。

"啊！我们不是约好八点去娜佳阿姨那儿蹭早饭吗？"我惊得跳了

起来，因为是和着衣睡的，阿全丢过来一条他的毛裤，"快穿上，外面真的冷。"

别说外面了，屋里头都冻得受不了，我心里嘀咕着，火速地穿好鞋袜就往外跑。

"哎，刷牙呢。"阿全在身后。

"还刷什么牙！屋里头所有的水都冻住啦！"我边往外跑边回头喊着。

　　你们瞧，在这个地方如果没有足够的柴火，一个文明人的基本的洁净也不想要了，面霜、乳液、洗面奶、面膜这些在城市里一套一套的东西，在没把房子烧热的情况下，就都成了摆件儿。头没梳脸没洗，两手把脸一搓，安慰自己一天不洗脸也不是什么多大的事。

　　心里却又笃定着：今天一定要把房子烧热乎起来！

　　生活变成了解决基本需求，捡柴、劈柴、烧水、吃饭，剩下的日子就是发呆和思考。火焰的样子也是美妙的，意外得到"天火"的人，是否因为火焰的灵动和层层叠叠的颜色也看痴过呢？

　　没木头烧的日子是不踏实的。

　　光靠电暖器没用。没有木头，在这零下四十多度的呼伦贝尔的小村子几乎没办法生活。

　　"六哥啥时候送来？会早点儿不？"

　　"不知道呢。"阿全回答，我们也不知道除了干等能怎么办。

　　正巧这时候，铁柱发来信息："啥时候回来的？屋里冷吗？"

　　"冷极了。"我们老老实实地回答。

　　没一会儿他就送来了三麻袋东西，打开一看竟然是桦木的样子。

　　"桦木经烧。"他解释。

　　"我们知道。"

　　真的是好东西，桦树皮相当于固体酒精，一点就燃。可以说是花钱都买不着的好东西。

　　"是算礼物吗？"我偷偷问阿全。

　　"当然，这就是礼物。"他答。

自从六哥送来了两立方的桦子，我们可算是"大户人家"了。在寒冷的呼伦贝尔有了柴火，就有了长久生存的勇气。

"快看看，"我招呼着阿全给我拍照，"这满满一大摞的木头，够我们烧十天半个月了吧？"

结果当天晚上就烧得火墙滚烫，睡袋都要烧化了，谁都想离火墙子远一点。半夜睡着实在是热，只好打开门，让冷风呼呼地灌了进来。

"你睡外面，"我踢了一脚阿全，"老说我开着门，你去贴着火墙试试。"

他不吭声，装睡。我气不过，却烫得要命，只好又起身去开门。

呼伦贝尔三九天的晚上，室外零下四十是常有的事儿，开了门冷风就直吹脑门。

"你开门了？"阿全问。

"那当然，热死我了。"我翻了个身，脱掉了睡衣。

没一会儿他又踢了我一脚，"别睡着了，不然半夜一会儿就冷透了。"

烤了一晚上"羊肉串"，早早六点就起了床。

有了木头，我们再也不用担惊受怕。屋子是能一直保持温暖的，只要房间里头是暖的，一切都变得可爱可亲起来。剩余大把的时间可以什么事都不干，看书、写作、上山看树看天。

村民总是好奇，十三和阿全回来到底是干啥的？他们不像一般的外地人，不开民宿也不开店，买下了木屋，花了大把钱装修，整天就闷在屋子里头。

我也说不上来，真要说的话，或许是逃避吧。逃避日常生活的冗长，城市里的拥挤和吵闹，复杂的人际关系和场合，这些都不是我们喜欢的。

陈叔看我俩总是什么事也不做，光在屋子里发呆，喊我们去滑冰车。

那是用木板钉的一个小座椅，下面钉上铁皮子，还有两根磨光滑的树枝加上钉子做成手杖。陈叔他们家院子下去就是哈乌尔河，这条河是额尔古纳河的上游，原来清澈见底，是他们小时候最爱的一条河。河滩贴在木屋边上，光着脚就可以下去洗菜洗衣服。河里还有几块漂亮的大石头，有的像鹿，有的像犍。

后来2015年初的时候，不知道怎么的突然说要建堤坝，炸了石块，挖掉了河沙。水不再透明，剩下数不清的淤泥盘桓不去，不多久就长了草，起了苔，河水也不像原来那么清澈，更没人下河去玩了。

娜佳阿姨为此哭了好几场，在她的心里，不仅仅是那条小时候最爱的河没了，她洋溢飘洒的青春也被掘没了。

那干净、透亮、梦幻似的小河，悠闲惬意的河边，洋洋洒洒的细碎的日光，挨着石头鹿捶打衣服的宁静，还有春去秋来日复一日的陪伴，都不再了。

晚上去铁柱那里吃饭，饭到一半，突然喊他二十岁的儿子去赶马。

"赶马？赶去哪儿？"

"出去吃草去，今年草贵，晚上都给放出去自己扒拉扒拉。"铁柱解释道。

"那不还得找回来吗？"

"第二天早上六七点自己就回来了。"

我瞪大了眼睛，这和我知道的马文化不一样啊！草原上的马，春夏秋放养，冬天都会圈回自家的圈儿，拿草垛养着膘，不然很容易饿瘦了。

"咱们全村，也就是我们家晚上放出去吃草的。"铁柱有些骄傲地说。

每家养马人的养法不一样，铁柱家主要卖马驹子。四月份下的马驹，十月一或者十月末拿来卖。

"也有骑的马，就十来匹。我就不愿意买外头的马，喜欢这些从小养大的，和自家孩子似的，什么气性都清楚得很。"

这里的村民曾经都以放牧和打猎为生，曾经他们家也有一百只羊，可还是养马最省心。

"养马人都被踢过或者摔过，现在年纪大啦，摔不动啦。"

铁柱告诉我们，马儿的耳朵要是朝后压那就是要攻击，一定要退远一点。如果眼白多就是要要性子，就是不拿正眼瞧你。

马儿是一种桀骜不安分的动物，喜欢人贴着靠近，越近越有安全感，人动作越大它越讨厌。是的，不是容易被吓着，就是讨厌。

马是一种爱恨分明的动物，如果你能驾驭它，它就能和你一起驰骋。可要是它感觉你骑术不行，就总想抖你下马，摇头、晃脑袋、不让牵缰绳，脾气可大着呢。

"这些也太有趣了吧！"在村里待久了，各种动物的小脾气都是新鲜的事儿。

"你浩弟就不喜欢这些，总想着去城市上班。"铁柱拿眼斜着儿子说。

铁柱的儿子果浩看上去是老实人，他有些羞涩地笑了笑，半晌他答道："总要出去看一看，这村里有啥好待的。"说完就穿戴好衣服手套出了门。

我跟着他，看他熟练地打着电筒把马放了出去，踩着冻成大块凹凸不平的马屎，再把围栏关上，黑夜里哪个马群都看得特别清楚。

"我看你也懂马，为什么不留下来帮你爸？上班是有气儿受的，不像家里头自由自在。"

"城市里多好，咱这有啥？"

"城市里有啥，我不是还来了吗。"

果浩笑了，晚上的星光衬得他眼睛亮晶晶的，"那也得出去看看才知道，才甘心回来。"

"有家业要继承是吧。"我拿眼斜他，最烦这些富二代了，哈哈。

你们看，村里的人总是向往着城市，而城市人却又躲进了村里。

大家都像围城里外的人，互相眺望着，总觉得对方的是更好的，却不知道脚下的这片土地，站立着的、属于自己的，才是真正的宝藏。

"天可真冷啊。"我摸着耳朵说。

"冷呢，今天快（零下）四十了。"陈叔接话。

"刚我看院子里那几张椅子是你做的呀？"我想起一路走来看到的弯着腰造型各异的大椅子，"太好看啦！"

"不仅是那些，你们之前住过的那些木屋里的床，都是他做的。"娜佳抢答道。

在这里，日子是严寒而寂寞的。这里物资匮乏，哪怕是物流极其发达的今天，大部分的快递都要一周才能到。如果想置办点家具，就需要大半个月了。

所以极寒的条件和偏远的地带让这儿的人凡事都自己动手。

陈叔不仅会做床和椅子，茶几、爬犁、冰车、桦子篮……都不在话下。

"现在弯弯树不好找啦。"他又挠了挠头，又扭头看电视了。

走的时候，他给我拿了个衣架。那是自然生长的树杈，长成了一个宽宽的 V 字。

"快给我签个名！"我跳起来找来了笔。

陈叔一笔一画认真地写上了日期和自己的名字。我把衣架抱在怀里犹如宝贝，"这是最棒的艺术作品！是我的啦！"

不到六点就起了床，我们开始收拾屋子：扫地抹地，整理东西，把炉子上掉的石灰扫干净。

我们住的是传统的老房，层高很低，进出门都得弯腰，不然容易磕着脑袋。房间大概三十来个平方，窗户极小，靠火墙把屋子隔成了两边，一边是卧室，剩下的就是客厅和厨房。

这老屋虽然破旧，但是极其实用和暖和，生活朴实而纯粹，所以每次冬天回来我们都住这儿。

"今天过生日，要不要测试一下新屋的卧室？"我还在擦着地，阿全突然这样提议。

愣了一小会，突然喜悦就像浪潮一样升了起来，"好啊！"

于是我们刚打扫完了老屋，又开始把生活用品往新屋搬。从仓库里翻出了电热毯，还有之前买的亚麻床品。

虽然小木屋没有接水，也没有通电暖，但是铺上电热毯，手往被窝里一塞，竟觉得也是有温暖舒适的幸福感的。在这里，幸福来得尤为容易。在城市里理所应当的温度、食品、交通工具，在这里都是相对奢侈的选项。

想要吃炸鸡？这里是没有的。

想要买个东西第二天能到，想都不要想。

这里有的，是无尽的白雪，极度严寒的天气，几乎与世隔绝的木屋。

如果不想，可以十天半个月见不到其他人，完全沉浸在自己的空间里。慢慢地，可以不需要向外界获取能量，是一个极度治愈的过程。

这一夜，我睡在新卧室里，半夜醒了就把百叶窗拉开一些缝隙，那团原本毛茸茸的月亮可能是走了一段路，褪去了雪花的风霜。透过玻璃，星星好亮。眯了一会儿，半夜再醒的时候，星星移了地方，掉到西边的地平线边上去了。

　　早上一开门，娜佳阿姨、陈叔和陈晨就笑着大声说："生日快乐！"

　　他俩给我们做了长寿面，素面和蛋，盖上各种凉菜。

　　娜佳阿姨送了我一个手钩的罐子，插上麦穗，这就叫"穗穗瓶安"。

　　陈晨送了一束鲜花给我，在寒冷的呼伦贝尔冬季，买到鲜花可不是容易的事情。

　　鲜花外面套着一个大袋子保温，阿全脱下羽绒服将它裹住。

　　为了这一束浪漫，大家都费尽了心思。

吃早饭的时候一直流着鼻涕，娜佳阿姨说："冻着了吧，不然让你叔下午给你烧个拔捏。"

"拔捏是啥？"我边擤着鼻涕边问。

"就是俄式的土桑拿，过去我们有点感冒，一洗就好。"

九点半陈叔就开始准备，先打上满满一大铁桶的井水，桑拿房的木屋大概就十几平方，中间用一个涂了白色石灰的火墙子隔断，里屋不是烧土灶，而是一个很大很旧的汽油桶被分割成上下两层，上面支了一个一米多宽的铁锅。

地面是用木板支起来的，所以嗖嗖地冒着冷气。靠近铁桶，面对火墙的地方有一个腰高的桌子，是坐着的蒸的地方。

吃完午饭，我们拿着脸盆、水瓢、浴巾，踩过整个院子的雪地进了桑拿房。一打开门，扑面而来的是热乎乎白腾腾的水蒸气，一下子看不清屋里头，好像是踩了时间过去，现在是什么年？谁在乎呢。

回头关上了门，"快脱了吧。"屋子里烧到约莫五十来度，脱慢了都得中暑咯。

室外零下三十，脱衣服也需要费不少的事儿。先是脱了帽子和手套，皮毛一体的外套，再是毛衣、打底衫、外裤、毛裤、毛袜、打底裤。"我们俩像不像锅里的两颗洋葱？"

屋里头地上有个大水盆，棚里放着一把树叶。沾了温水后往身上拍打，打到皮肤发红，这就是当地人的"搓澡巾"。树叶也有讲究，一定要是六月份的桦树叶，不然叶子容易掉，经不起抽拍。

叶子泡出的水还有种独特的植物气味，洒在铁炉子外面，整个空间都散发着一种自然的味道。

桑拿房朝南，下午阳光透过小小窗户晒进来，竟也不需要灯，屋子照得透亮。

午后一点，太阳已经开始西斜。朝着铁皮炉子上泼着水，空间温度不断升高。

"要不……跳个雪？"我提议。

阿全拿眼睛瞪着我："外头零下三十！"

"俄罗斯人不都这么玩吗？"

他看了看外头半米多厚的雪，像是下了很大决心似的打了一盆水，举到头顶蒙头浇下，打开门就冲了出去。

"啊啊啊啊啊！"他叫嚷着，全身冒着烟，弓着脚背一头扎进了雪里。然后啊啊啊啊边叫着边跑了回来，又打了一盆水一头浇下。

"哈哈什么感觉！"我大笑着，话都说不利索了。

"太刺激啦！"

我也想试试，也光着身子走出了门。"也不是很冷嘛。"我叉着腰说道。

突然背后，一个大力，只听一声怪笑："躺雪里你试试！"身子一下子失去平衡，跌坐在雪坑里，刺挠挠的感觉蔓延全身，仿佛整个身体泼了一大勺辣椒水，火辣辣却冰凉凉。

我也大笑，却完全起不来身。手上因为沾了水，黏了好大一块雪，"快快快拉我起来！"阿全又从屋里大笑着跑了出来。

一进桑拿屋我也拿水自上而下浇下，弓着身好一会儿才缓过劲来。前身是热乎冒着热气的，背后原本贴着雪地的皮肤变得冰凉，但却感觉火辣。

"你现在知道什么感觉了吧。"阿全还是笑得前后直晃，氤氲的水气下，他的大白牙有些晃眼睛。

等洗完出来，天空都变得干净了，以往着急走的那些路都变慢了。于是可以停下来看看风、看看云，徜徉在空气里，和飘浮的雪粒一起慢慢地往前走。

日子好像变得很慢，很慢。

　　我发现在冬季烤面包是特别治愈的一个事儿。不管多繁杂的事，在铁盆里捶打着面团，用力挥动搅拌棒，将奶油手工打发，或是看着烤箱里面团缓慢膨胀的过程，伴随着香味溢出炉子，充斥了整个空间。

　　今天烤的麻薯，原味和抹茶的味道，放了很少的糖，奶油却打得很甜。

　　窗外的雪依旧是寂静的，还有四个月才能化。在这之前，干净洁白的雪能覆盖掉一切杂乱，添上冷色调的滤镜。

　　傍晚的天被浸染成了粉红色，像樱花，像粉色的树莓酒，像少女嫣红的嘴唇和眼角。

　　晚上去小黑哥家吃饭，正好下午宰了两头牛。杀牛需要两三个人，先把牛后腿用勾机勾起来，牛用前蹄支着地面。小黑哥手持三十公分的尖刀，找到动脉，哧啦一声在牛脖子上用力一划，血就落了下来。

　　放干净后割下牛头，褪掉牛皮，破牛肚子，取了心肝肺，胃和肠洗干净。先卸了四条腿，再取了牛排，最后一点点分食。

　　全程两三个小时就完事了。

　　这血腥又日常的一幕，在粉色的幕布下，却又那么合理地发生着。

　　杀牛分肉的人似乎从没时间去看天看云看山，他们总是觉得每天的日子好忙：要叉草，要喂水，要清理马粪牛粪，忙活完，天又黑了，谁还关心那天边虚无缥缈又不值碎银几两的风景。

　　而城市里的我们，为了这样的天，放弃了原本的生活，特意买了机票端了板凳来看。

　　人哪。

今天是腊八，昨晚约定好了一早去娜佳那儿吃腊八粥。

"早晨吃丰收，中午吃歉收，"娜佳一边盛着粥，一边解释，"所以我这次就少烧点儿。"

今天不知怎的特别冷，天气预报说是零下四十，"那实际还会更冷一点儿。"娜佳说。

喝了粥，我缠着娜佳跟她学习钩针编织。她有双巧手，所有的线在她手上半天就能成一个小包，瓶瓶罐罐都会被她穿上毛线的衣裳。

我喜欢和娜佳待在一块，她爱笑，明明一头白发，说话又带着少女娇气。她会变着法儿给我做好吃的，与她相处时像是温温的水沐浴着全身，非常舒服自在。

本来说就学一小时，因为贪恋着和她在一起的时间，一下就坐在桌前勾了三个小时。

　　这两天被问得最多的就是："为什么要在最冷的时候来呼伦贝尔？"

　　和阿全的生活有一半在城市里，另一半在世界各地。

　　我理想中的木屋其实很具体：背靠着雪山、面朝着大海，有着白色墙面、红色屋顶的小小房子。这样的木屋我们在旅行中有了计量，比如日本的北海道、新西兰的皇后镇、冰岛的雷克雅未克、阿根廷的乌斯怀亚、美国的阿拉斯加、意大利的西西里岛……

　　直到 2022 年的秋天，我第一次来呼伦贝尔，在金色的白桦林里骑马。天空澄净，空气微凉，马儿在林子里穿梭，有一个瞬间，突然就有点儿喜欢这儿了。

　　因为冷，这里荒无人烟，因为冷，雪更寂静美妙。在经过很多个大起大落后，我们似乎不再需要通过认识人或见到人去产生快乐。我们本就喜欢这片土地广阔荒凉的样子，它和所有城市或乡村都不一样。

　　慢慢地，就不再觉得长着外国人似的脸，有着蓝色、绿色或琥珀色眼睛人们却说着东北话有什么稀奇，生活在这片土地上，人与自然奇妙地达到了和谐。

　　我不再长时间开着水龙头，因为屋子没有水龙头。会珍惜每次阳光从东边的山顶猛地跃出，肆意打在了壁炉左侧的火墙上的瞬间；会节俭地烧着木头，并静静地观赏壁炉里的火焰，每一寸跳跃的火焰都是不同的；会因为雪地太干净而不愿意留任何垃圾在上面，全部揣回口袋。

　　你们知道吗？荒原的雪地里是极其安静的，却能听见风从远方穿越树林吹来的声音。它走了那么远的路来到这里，迎面抱个满怀的时候也会莫名心生欣喜。

　　我们拥有了很多东西，很多很多很多，多得堆成了山，但却总还是想要，不停地买、堆，想要更多。我们不再因为拥有一杯热水而心生欢喜，甚至当我们吃到好吃的菜、出国旅行、买包或衣服，都不再感到快乐。

　　是真的麻木了吗？

不，只是对快乐的要求变高了。

可在遥远的呼伦贝尔的小木屋，如果早上恰好有茶包，杯子也刚好是昨天擦干净的，炉边有足够的柴火，阳光又恰好照在了鲜花上……如此细小的事，却让人感动和知足。仿佛回到了小的时候，一块糖果也能满足一整个下午。

有些不好意思说的是，其实我并不完全喜欢呼伦贝尔。尤其是夏天，草原和人都变得吵闹，大家纷纷钻出了头去利用这片美景，瓜分着土地，划分着地盘。再有生机的草原，此刻也变得刻意和无趣。

我更喜欢呼伦贝尔的秋天和冬天，美妙却人烟稀少，好像大自然抖了抖身子，放肆地展现着她的每一寸肌肤，每条河流的曲线、每片树叶的样子，都是美的。

冬天的呼伦贝尔，于我，是最寂静的住所，是我未来很长一段时间的家。

我喜欢这个家。

今天中午吃完饭出门，看到天上对着太阳，月亮也高高挂着，表面的纹理清晰可见。

"全，你看，才一点不到月亮就出来了。"

"月亮本来就一直在天上。"

"可是这里好清晰啊，为什么城市里看不见？"

"城市的房子太高了，"他说道，"闪亮的东西太多了。"

因为太阳光斜长刺眼，晃着看不清眼前的路。"哎，你说，太阳一直在燃烧，会有一天烧没了吗？那地球会陷入一片黑暗对吗？月亮也会再也看不见。"

"从亿万年前，太阳就这么燃烧了，它还能燃烧那么久，所以在自然面前，我们只是一粒灰尘。"

飘扬在空中，又消失在地面。

降温了，今天平均温度零下四十二，早晚有四十七八。早晚走在路上，喉咙都被塞着一团冰碴似的，止不住要咳嗽几声才行。

到四九天了。

幸运的是，因为回来之后的天气很好，早晚的光特别特别好看。早上是粉色调的，过了八点，太阳出来了，天空像是橘子酱包裹了蓝冰。傍晚时是橙紫色，阳光特别斜长热烈。哪怕是每天在看，都要感叹大自然怎么会有这么美的颜色。

今天要离开，娜佳一早做了"滚蛋饺子"，寓意平平安安。走的时候，她把一直用的钩针送给了我。

"你自己不用吗？" 我问她。

"新买了一套，" 她笑着推了过来。"回去好好练。"

和娜佳阿姨挥手说再见，陈叔说着："早点走，早点回来。" 一下子就热了眼眶。

"可别哭了，" 娜佳说，"一会眼睛该冻上了。"

　　临近城市，雪就变得不干净。地面、路边、树上，雪都是脏的。突然就怀念起那个偏僻的小村子来，村子里除了小狗尿的尿，路面洁白得没有一点脏污，干净的，透亮的。村子的屋顶总是披着浅蓝色的雪，走路的时候特别喜欢踢地面的雪，不像城市里，总是灰溜溜的、脏的，摸都不愿意摸。

　　然后就是登机、检票、转机、落地、打车……我不知道自己是怎么回到家的，各种声音塞满了耳朵。

　　这一瞬间，意识到我真的离开小木屋了，突然就在路边大声哭了出来。

　　阿全看着我，好像在看一场梦，只是这场梦，像梦境一样长，又似乎像梦境一般短。

回来杭州之后，一直是恍惚的。

温度完全不同，脸和手指尖不再被冻痛，脚上的靴子有些烫脚，穿一件毛衫就觉得火热。

要知道在木屋里这样穿都会感觉冻呢！

也能洗澡了，还有大镜子，各种护肤品摆了一柜子，可就是不知道怎么回事，并没有心生欢喜。

最大的不同是窗。

在小木屋的窗，看出去是蓝紫色的，天空总是如火如荼，随意地迸发着绝美的晚霞，云朵像是晚香玉似的，花瓣一片又叠了一片。三四点的时候还能看到猎户座上那三颗星星降临，拂晓的天空从墨一样的夜里一步一步缓缓走出来，月亮披着绒毛，晃悠悠地挂在天上。有圣诞树，有白雪，还有月光。

而城市里，这会儿我躺下，窗外是屎黄色一片荒芜的光。

好奇怪，明明这个房子更精致更漂亮，我却想念那个在荒原里的家。

好想它，真的好想它。

春天日记

早上清理了昨晚的呕吐物，打开了窗户，让风都灌进屋里，除一除屋子里难闻的味道。

这是回来之后阿全第二次吐了。

第一次是在热尼亚家吃饭，四哥煮了饺子，做了柳蒿汤。这种汤在别的地儿可吃不着，绿油油的一大碗，说是喝了降火，带了轻微的苦味。喝起来清凉中又带一点点回甘，挺奇特的。

俄罗斯族人爱喝酒，也爱劝酒，不喝就是不给面子，扫兴了。这可难倒了我们两个南方人。阿全脸皮薄，二两的杯子喝了三杯，我拿脚踩他，拼命使眼色。

"不能喝了！你答应我只喝两杯的！"

"不行呀，大家都在喝。"

"我说不喝就不喝！"

"最后一杯，最后一杯。"

眼神交流完毕，以为一会儿就可以安稳回家了。结果三杯酒的兴致上来，阿全突然就疯啦，音乐一起，拦都拦不住，冲了出去。

第二天，我们在路上遇到沙叔，他说："全儿，你舞跳得不错呀。"

阿全眼睛都瞪圆了："什么呀？在哪儿看到的！"

"我看刘四儿发的，和你四嫂跳呢。"

阿全猛地站定，脸涨得通红，"就自己跳了，没和别人跳！"他极力解释，"真的没有！"

"哈哈哈这有啥？我们这儿喝酒都跳舞。"沙叔拍拍他的肩膀安慰他，我别过脸去在一旁憋笑憋得很辛苦。

可当阿全第二次喝吐了时候，我就笑不出来了。跟他一起喝酒的是原来的房东，喝多了的他站定在老屋前，双手叉腰："十三你给我出来！不

出来喝酒是吧！太不给叔面子了！咱们可是邻居，最最好的关系！"

我只好摸着黑躲着当缩头乌龟。

晚上阿全又翻身吐，我心里直叫苦，蹲在地上拼命擦地，又把垃圾桶拿到门外。喝醉了的阿全还在含糊不清地嚷嚷："你把垃圾桶拿走了吐哪儿？快拿回来！"

我屏着呼吸洗桶子，心想：以后谁的面子都不给，谁也别想让阿全再喝酒。

在大风中抬起头，对面三个男人已经重复工作三个多小时了：陈叔是队长，负责压力气罐的开关；杰哥是二把手，负责把水管下到井里头，而阿全是小工，负责来来回回地将井反上来的冷水换成滚烫的水。

眨了眨眼，明明是澄亮如洗的天空，却总是冷的，带了点冰雪的冷静。阳光也是冷的，打在身上竟还有些凉。

春天每家每户最重要的活计之一，大概就是烫井了。

呼伦贝尔的冬季是漫长的，五月雪一化，大家纷纷打开井盖，看一眼里头厚厚的冰块，挨家挨户都插起了伴热带（用来给管道、设备保温的电加热带）。可把东西破坏干净是零下四五十度的严寒最基本的能力，泵坏的坏，井冻的冻，总之，厚外套脱下了，水还是用不上。

所以春天有专门的烫井队。想要把几十米的冰化开需要花不少钱，浅井一两千一口，深井要三五千，差点就赶上新起一口井的价钱了。

你们看，草原上的钱要么不花，要么就花得就特别快。

所以年长一些的当地人都学会了自己烫井的本事。先找个大汽油桶，挖掉顶盖，再开个小门，就成了简易的炉子。烧水的锅一定要大，一般都是直径一米以上；用最猛的火把水烧开，再用水桶将滚烫的水倒入自制的压力罐里。

压力罐一边连着气泵，一边连着水管。水管和泵的深度一样，每十五米、二十米、四十米都会用红胶带打上标记。水管的顶端是金属制成长约二十厘米的细管。热水用压力泵打进细管，喷射进冰里，管子就会摸着气压一点点滑进去。

春天的风很大，天上的云朵像是赶着去干点什么，溜得飞快。坐了一会儿，看得无聊了，想回家拿本书，又生怕错过把井烫开的瞬间。

"怎么才算烫开？"

"管子里不反水了，井就通开了。"

在风里坐了不知道多久，阿全问："几点了？"

我拿出手机一看，距离吃完午饭都三个多小时了。把手机揣回口袋，空气里旋起了细小的沙子，风也变得浑浊，植物的芽儿被卷得疯狂起舞。

"一天确实干不了什么事对吧？"

"这儿一天只能干一件事。"陈叔低着头，回答道。

突然想念起了家里头的壁炉来。

我们的小木屋，壁炉可能是最最核心的地方。春天凉，每天都还在烧着柴火，即便是早上起来炉子还是温热的。

穿着睡衣打开门想去捡一篮柈子，风一下子钻进了睡衣领子，冰凉凉的，一下就起了鸡皮疙瘩。拂了拂手臂，冷不丁地抖了一下。

要是因为拿柈子取暖而被冻着，会被嘲笑死的吧。

回屋后赶忙把手放在壁炉前烤了烤，烤到掌心发烫，便拿起一边的黄油饼干，再就上一口热茶。手脚有些暖和了，肩膀到背部还是有些冷。

春天的冷是阳光灿烂的冷，是猎猎的风裹挟着可以划出口子的柳刀刀，是衣领在脖子后摩擦着，都觉得凉飕飕的不适。

山野和树林的色彩悄悄地起了变化，好像是绵绵的白糖沾染了苦瓜水。

阿全又出去了，不知道去谁家帮忙。家里一下子安静了下来，只有风想疯狂进门的声音。火墙子把屋烧暖和了，我喝着新泡的茶，被火光包围，倾听着刚加的木柴发出毕毕剥剥燃烧的声音，橙红色的木炭妖烧地在灰烬里扭动着。背后有阳光顺着云层缝隙透过了窗户，打在有些凉的背上。我开始尝到了一日中最美妙的时刻。就这样，守着不再发光却依然温热的壁炉，打下了这些字。

　　今天天气超棒，把满眼的嫩芽和灰色的木头都染得暖洋洋的，就是风有点大，把刚落地的暖气冲得东倒西歪，又拍回了空中去。阿全生怕院子里新栽的白桦树倒了，一早六点多就去重新搭了木架子。

　　然后给鸡灌了水，加了饲料，又摆了些样子。

　　而我，照例躲在壁炉前烤着火看书。他忽然凑到跟前提议道："要不我们洗衣服吧？"

　　没错，我们通上水啦，不仅有了坐垫加热的马桶，还有了洗烘一体的洗衣机。在草原上已经是超级豪华配置咯。

　　洗衣服简单，打开盖子，把衣服丢进去，关上盖子，就完成了，可是等了半天还是没来水。

　　"咋回事？"

　　"我去看看压力罐……没问题啊。"

　　重新反复开了两次，依然没水。

　　"你去看看浴室有没有水？"

　　"有啊。"

　　于是放着外头漂亮的云和洗过似透蓝的天，两个人都差点钻进了洗衣机滚筒研究。

　　"你看这儿是不是有个阀门？"我把头抵在洗衣机与墙的缝隙。

　　春天风大，云朵像好似乘上了快船，走得着急。屋子里开了窗，点了熏香的蜡烛，刚准备下点面条，又有人打来电话喊吃饭。

　　我一个劲地摇手让阿全拒了，只见他背过身去，拉开了门就去院子里打电话。我双手抱胸站在门前等他进来。

　　门一打开，带上了傍晚土地返上来的潮气。

　　"哎，人家叫你，不去很不给面子。"

　　"我已经下过决心了，谁的面子也不给！"

　　"老婆～"他凑过来连同我的倔强一起抱住，亲了亲脸上的绒毛，"这

29

次不喝酒，好不好？"

　　虽然不信他，但也顺着大狗的台阶下了去："说好了，今天不喝酒。"

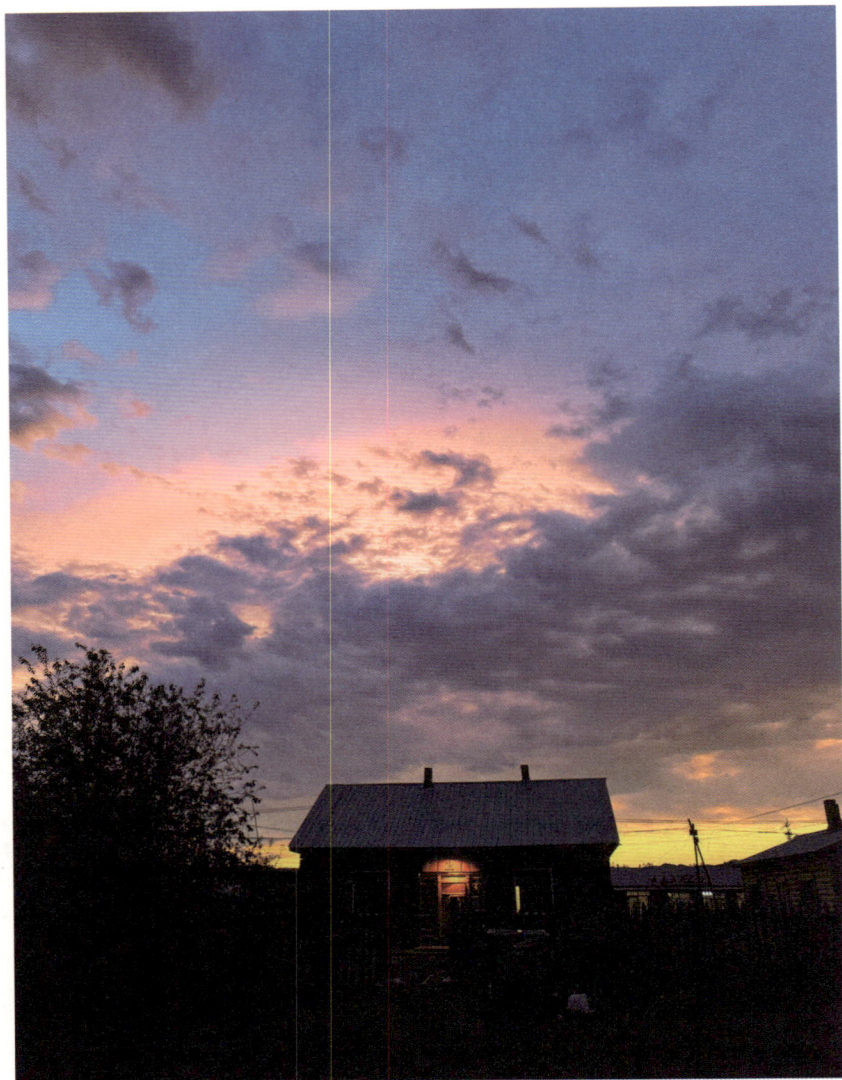

果不其然，还是喝多了。

等我把他吐掉的袋子丢出去，倒了温水再回来，他自己拖了椅子坐在院子里。

"我透透气，"他低着头解释。"你，一起过来坐。"

怕他要酒疯，我便老老实实地搬来椅子，坐在他跟前。

"谢谢老婆照顾我，不然我就睡在外面冻死了。"他糊里糊涂地，耷拉着脑袋，像一条心情不太好的长毛狗。

"你看，今天星星好亮啊，"他突然伸出手，"喏，这颗是你的，快拿好。"

"拿好了。"

"那我再给你摘一颗，来。"

"这颗也拿好了。"

"还有这颗，这三颗是最亮的，都给你摘下来了。喜欢吗？

"喜欢。"这个狗男人，很知道怎么哄人。"很喜欢很喜欢。"

春天的这一周，干了好多活计：买了鸡，盖了鸡笼，重新修了破掉的玻璃，装上了热水器、马桶和洗衣机，摘了星星。

五月，草都发芽啦，快去恋爱吧。

　　六点半电话就响起，接通后，我在旁边就听见了赵哥的大嗓门，"工人已经在你院子里咯，赶紧招呼他们儿干活吧！"

　　阿全一个骨碌就起了床。

　　自从小木屋里有了浴室，洗洗弄弄，晚上睡觉的时间就比以前晚上许多，得九点多才能睡下。

　　这两天前院也慢慢整理出来了。每一天我都会问阿全："什么时候整院子？"

　　"再等等。"

　　第二天，"什么时候可以种草坪？"

　　"过两天。"

　　第三天，"再过一段时间野草就要长起来了！"

　　"明后天。"

　　后来我就放弃了，反正活着的大部分事情都是今天拖明天，明天拖后天，也不差增加这一项，我自暴自弃地想着。

　　日子在一天天太阳和月亮的交替中过去，村子的马道也开始长出了野草，每一天都在拔高。

　　这里最厉害的草叫作"赖皮草"，根在地底下缠绕，随便一揪，根系都有二十来公分，如果不是连根拔起，来年还能长，生命力极其顽强。

　　那一度是我觉得最厉害的草。它几乎可以干死所有的植物，哪怕是村里能把园子翻得最板正的师傅，来年也会遇到赖皮草探头打招呼。

　　小木屋院子有两千坪。如果用三叉耙子翻，得先把耙子尖尖踩到土里头，通过杠杆抬起来，挖出整片草根子，再把土拍松，将草根子丢到一边。可因为我们家是专业十年赖皮草（买小木屋之前院子就没人打理），春天的时节一天甚至要工作十四个小时，最少要一个星期才能收拾利索。

　　于是，我出门打听，怎么能把院子翻得又快又好。

　　六哥说："只能用手工翻，你们家院子太长时间没翻了。"

　　赵叔说："拿灭草灵，春天一撒，把草都灭了再整。"

　　小C问："你要借我们家推草机不？"

　　帮我装修小木屋的赵哥看我天天为了翻院子发愁，竟一声不吭买了一台旋根机！

　　"这有啥呀，看把你愁的。生活里值得你发愁的事情多了去了。"

　　我嘿嘿地傻笑着，很快我就要拥有村里最大最绿的草坪啦！

　　赵哥不仅出机器，还叫了六个短工，一人旋土，两个人扒拉草根，一个人把垃圾运出去，还有两个在前院干活收拾木棒子。

　　有了，有农场主的感觉了！

没想到五点就醒了！

呼伦贝尔的春天天黑得很晚，昨天翻草坪翻到落日（八点半），洗漱完一沾床就睡着了。整个梦里都在翻土、拔草、浇水，忙活了一晚上。

刷牙的时候看了一眼大门口悬挂的牛奶瓶——老丁头还没送牛奶过来。

草原上的日子异常简单，即便是春天，雪都化为冰水钻进了黑土的缝隙，随着日照的变长和温度的悄悄攀升，村子里也开始有了活动的迹象。鸟儿喜欢扎堆站在发芽的枝条上开会，它们喜欢虎视眈眈地盯着我刚撒的草籽儿，觊觎一地可口的食物，想今天可以懒懒地饱餐一顿。

我总是很生气地一遍遍往园子跑，大叫着把鸟儿吓跑。

"今天一定要扎一个稻草人！"我气鼓鼓地走进屋。

阿全从书里探出头，"怎么了，谁又惹到你了？"

"我们的草籽儿都要被鸟儿吃完啦！"

"哈哈，我说最近怎么鸟叫声那么多，多美妙的事情啊。"

阿全总是很诗意，这会儿我却对浪漫过敏，一定要去问问谁家有稻草，哼！

七点来钟，热了牛奶，把奶瓶倒过来滴到手臂上，温度刚刚好，放到厨房台面上后绕过刚翻好的院子，把煤老板和傻豆放了出来。它们寸步不离地跟着我咩咩叫。

临到门口，转身指着它们俩的脑门："你们不准进屋！"

"咩——"

我满意地转身，没一会就听见身后噔噔噔蹄子踩在木地板上的声音。猛地回头，它们像是感知到什么似的向后退了两步，看我没反应，又上前黏了过来。我推着它们的脑门，把它俩撵出了屋。煤老板和傻豆在门口转了两圈，终于乖乖站定。

放心地去取了奶，拿了板凳坐了下来。两个崽闻见了奶香就往我腿上扑。听说呀，只要带它们走两次喝奶的路线就记得了，以后放开了，到点就会跑过来。

不知道羊能不能像狗一样认主人，以后试试吧，反正日子还长。

接着是十只鸡崽，它们竟然不怕我了，见我来还凑了过来！拐脚鸡还是小小只，走得慢，跟在后面，但也还是健康长大了。

做了早饭，拔了一早上赖皮草根子，一看表才八点。这里的日子真的很长，长到有足够的时间去体会活着的细微感受：是一煮就带着厚厚奶皮子的鲜牛奶，是早起壁炉的灰烬里的炭星，是每天都在长大的嫩芽，是天气，是云，是温度，是风，是四周的声音，是喝水的渴望，是香菜、是豆腐干、是涮羊肉……只要活着、醒着，就能感到很多快乐。

晚上，阿全在床上对我喊："帮我也热个牛奶，和小羊那样！"

"你自己去。"我往壁炉里添着柈子，这儿的晚上还是很冷，只有两三度。

"不要嘛，你对小羊都那么好。"

"你和小羊能比吗？"

阿全有些赌气地双手抱臂背过身去，动静很大。我刚想数落他两句，就听见他呼———呼———的鼾声。

照例喂了鸡、喂了羊，耙了地，除了草，洗了头洗了澡洗了衣服，一切干完，才九点。

醒得越来越早，困也来得越来越早。

除草的时候坐在一个城市带来的便携小板凳，当时是为了去环球影城而买的。买到时嫌弃它太重，做工不大好，样子更是普通，可是带来了草原上却觉得刚刚好。给小羊喂奶时可以坐，除草时可以坐，工人休息时也爱坐这张，还问我是哪儿买的，他也想要，这样休息时就不用总是坐在地上弄脏了裤子。

大家都夸小板凳方便，我寻思着去村里小店再寻一把。总共三家超市，要么没得卖，要么就是木头和编织袋制成的，木头上还有些许倒刺。

很多在城市里平平无奇的东西，在这里却显得实用又好看。可问题是，在城市里，我只想要得到更好、更好的东西。就比如之前在商场逛户外用品店，不停地和阿全嘀咕："你看这个板凳轻""这款收纳更方便""这张颜色好好看啊！"

可我已经拥有了那张二十块的便携板凳。

它没那么漂亮，也没那么轻巧，可是它的高度刚好可以随手就够到土地，它可以让裤子后口袋变得清洁，它可以让工人干活的时候更轻松，这就够了啊。

我们总是为了那些更轻、更漂亮、更有名气的东西花费了大量的力气。而其实，用多么新款的手机，住多么大的房子，开着多么酷炫的车子，都不重要。

至少在草原上根本没人在乎，大家也不想在乎。

春天多忙啊，家家户户都该翻院子，种菜苗，盖房子。如果可以，大家只想要我那张黑色的、平平无奇的折叠小板凳。

陈叔问："要不要去五卡，去换土豆种子？"

"为什么要换？"

"同一批土豆一直种会长不好，和别的村子交换一下，就能长好咯。"

"那为什么去五卡？去隔壁向阳村不行吗？"

"同学在那有个游牧点，三十多亩地，种子都好着呢。明早我们早点去，吃个早餐再回来。"

第二天一早出发，下了雨，黑色的泥巴糊了鞋跟。

车开过向阳、朝阳、七卡，一小时后来到了额尔古纳河边。烟雨下的大河闪着氤氲的光线，又因为河道弯曲，北方的大河显得婉转柔情了起来。当地人称它为"界河"。

"我们总去界河钓鱼，"大舅凑过身，捂住嘴，小声补充道，"偷摸着去。"

再往前开点，就是五卡。

五卡的游牧点离国境线通常只有几百米远，所以除了放羊养牛还充当了边防的作用。我一直以为生活在游牧点的牧民整日守着牛羊猪鸡，日复一日地三点起床、挤奶、喂各种家禽，日子一定漫长而无聊。可我错了，我发现他们过得比我想象中要快乐多了！

每天早上用自家的牛奶煮上一大锅奶茶，配上饼子和院子里随手摘的小萝卜头，蘸一点大酱，蜷起叶子一口塞到嘴里。一口奶茶一口饼子，吃饱了饭后，再提起五桶二十五公斤装的牛奶往外送。光是牛奶，一天就能有一千五百块的收益。

朋友来了，煮上一大锅牛肉或羊肉，配上大棚里的黄瓜、鸡圈里的笨鸡蛋。这鸡蛋特别大个儿，如果拿这种鸡蛋来腌咸蛋的话，那出油量不是一般的鸭蛋可以比的。

大饼子也是自己烙的，用发面引子在炉子上轻轻一烤，麦子的味道就弥散开来，里面的蜂窝可以很好地抓取到搭配的肉汁儿，塞进嘴里一口爆汁，香味浓郁。

这里的牧民早上也是会喝上一杯的，自己酿的酒，开盖就是香味儿。然后哼着歌，微醺着接着干农活，竟也没觉得日子困苦。

他们说，在好多好多年以前，边界不是那么清晰。以额尔古纳河

为界，河的右岸就是五卡，左岸就是俄罗斯的小村庄。因为以前经常互相交换物资，每一个小村子对面不远处都有一个俄罗斯小村庄。

　　五月的春天，河岸两边有还没有割完的金色牧草，辅佐着刚冒出嫩芽的矮小灌木丛，连这一片的白桦林都比我们村子里要先绿三天。这个时候，刚抽条的桦树芽还可以采去炒茶叶，只不过芽儿太甜了，摘起来格外黏手，所以慢慢地大家都更习惯买罐装的茶叶。

倒是很想尝一尝这桦树茶是个什么香味。

一直以为草原是无聊的，看不到尽头的牧草，也没有很高的山，可真实的牧场生活却让我和阿全看直了眼睛。游牧点还可以申请风力发电机，小小的风扇迎着草原上畅通无阻的风欢乐地转着圈，好像是贪玩的小木屋举起的风车，同时，屋子里也拥有了照明。

可是今年的羊价格下跌了，有时一只成年羊只能卖到六百多块，而草料的价格却在飞涨。牧民们不甘心啊，辛辛苦苦养了那么久的羊，亏着卖还不如赖养着，养到后来更像是赌气。

牧民马叔和我说，几十年前，牧民养的牛和羊都是不卖的。

"不卖怎么换钱？"我连忙问。

"草原上，哪有什么花钱的地方。"

公牛除了使役之外，基本都是自家吃肉，剩下的就冻上。有时也会卖给左邻右舍。母牛呢就是出牛奶，牛奶不仅可以煮奶茶，还可以烤面包，做酸奶渣子。而如今，牛羊贩子都会上门收购，自家杀牛吃也就没那么多见了。

除了养牛羊，还养火鸡，养猪和狗。马叔家的狗就有五只，除了看门护院之外，还有厉害的可以防狼和放羊。

回家的路上，山边开满了小林的野杏花，再有半个来月，就能出果子啦，杏子酸甜，南方会拿来酿酒，北方更喜欢做汤喝。想到这儿，口水在口腔中盘旋。

这里的自然真好啊，不仅给予了人们四季里想要的，还在季节缝隙里给一些小小馈赠，犹如幼儿班的餐间零食——

"我这儿，什么好吃的都有。"

　　呼伦贝尔的春天一会儿晴一会儿雨，一会儿凉一会儿又热得像夏天。

　　其实这个季节给予人们的是无尽的忙碌。我住的这个小村子，除了有乌泱泱游客的夏天，其他三季村里人丁少得可怜。可今年春天不同，每家每户仿佛都有干不完的事儿。就连家里要修个栅栏的大门，竟然半个月了都叫不到一个人。

　　五月，除了忙着准备迎接六月底到来的游客，每家每院都在迎接冰雪消散，褪去猫冬的无聊。对于大部分人来说，这该死的冬天终于结束了。

　　呼伦贝尔漫长的冬天长达六个月，气温从十一月一路狂降到零下三四十，这期间大家伙儿基本都不出门，因为在这片出门就要开车的草原上，车也发动不起来。想用车就得停到暖库里，而有暖库的村民不多，又是按天算钱，原本只能停两辆车的暖库生生塞进了四辆车。

　　所以在冬天要邀请别人吃饭，如果主人不包接送，一般都是不去的。

　　因为天气寒冷，也做不了什么事。大部分的村民都会去有集中供暖的城里，整个村子冬天还在的也就两百人。

　　你瞧，说到这里的冬天就停不下来。而对于我来说，冬天远远没过够，就结束了。

　　总归是新的一年新的一春嘛，大家都开始了新一轮的忙碌：烫井、翻院子、下苗、修电器、整理房子、盖新房子，甚至等了一冬天没有上的油漆，也统统在春天一并完成。

　　走在主街上，整个村子是崭新的，新得有点过分：闻到的不再是青草混合着冰雪的味道，而是崭新塑料广告牌、油漆味儿和木料被锯开的味道。

　　很多传统的木刻楞房子因为被嫌弃太旧太灰，往上又盖了一层松木板，黄澄澄亮堂堂的样子，像是在宣誓我才是现在最新的审美。

　　随着不断地被维修和翻新，村子也逐渐丢掉了本来的面貌，慢慢变得像县城。

其实是伤心的。

可伤心又有什么用呢？大家喜欢城市里的簇新和整洁，有秩序的规范。可是村民并不知道，这个村子本身在冬天，就是无与伦比的洁净。一二月份零下四十度，我们在街上走着，鞋底的脏污、裤子上的灰尘，统统被雪全部涂抹干净，甚至当地人还有用雪清洗皮革的习惯：拿着衣服或者皮裤在雪里打一打，脏东西都被留在雪花伸展的缝隙里。

自然的村子，本身就是洁净而安宁的。

这天，趁着天好，在院子边上种了五棵白桦树。它们直挺挺，高高地站立起来，低头朝我挥了挥手。

我想，人们就像站在围城边一样，总觉得墙的另一面会更好。而实际上现实拥有的才是最棒的一切。

我觉得人本就应该和大自然生活在一起。天上像棉花糖一样的云，连调色板都调不出的清透蓝色，那漂亮又骄傲的柳枝嫩芽，那院落里几十年如一日的灰色木质小屋，妇女们扎着防蜱虫的彩色亮丝头巾，没有霓虹灯的彩色傍晚，还有星空无尽的闪耀……一切的一切，都比闪亮簇新的高大却硬邦邦冷冰冰的建筑物要漂亮多了。

　　生活在草原上，总归是会缺点东西，是一定要跑一趟才有的。所以会撕一张烟盒纸放在进门入口，想起缺点什么了就写上。写满了，就差不多得进城了。

　　呼伦贝尔幅员辽阔，开出的蒲公英都能飞上几十公里，而离这里最近的城市就是七十公里开外的额尔古纳。

　　说是市，比起南方的小县城还要小上许多，最高的楼一般也只有六层，只有一条主街叫拉布大林，房子也便宜，大概二十万就能买一套八九十平方的。

　　主街上最多的就是装修店、农具五金店、兽药店、粮店。附近的大小村子的小卖部都会来进货，也有想要再便宜一点的，会去海拉尔。

　　这回我们要买：

　　1. 小鸡吃了能长毛的维生素电解质、消炎药（盐酸土霉素）；

　　2. 预防小羊感冒和拉肚子的药（禽畜急救液）；

　　3. 一百斤羊羔料，这种粮可以让小羊羔长得快，少吃奶（九十五块）；

　　4. 一百斤豆饼（二百七十五块），鸡、羊还有马儿都可以吃；

　　5. 一些暖气片用的五金；

　　6. 厨房的台面；

　　7. 水果、奶油、洗发水还有零食（整整二十天没吃零食了）。

　　这次去还捎上了娜佳姨，她要去买菜苗和瓷砖，顺便看看女儿。

　　其实当地的俄罗斯族在过去几十年里都过着贫穷但自给自足的生活。家里都养了牛羊猪，冬宰后就把肉冻上，可以吃一年。春天有野菜，夏天有蘑菇，秋天可就更多了，土豆、豆角，各种绿叶菜大丰收。家具也是自己做的，无论是凳子、桌子还是床，去山上找木头就能做。

　　后来路修好了，大家去市里一看，哇！市里什么都有！而且还不贵，买东西的人就多了起来。年轻人觉得城里什么都方便，就都留在了城市，村子里的人变得越来越少。

　　采购完毕，车子被塞得满满当当，连后座都塞满了，卡一看都不敢呼吸，生怕一松劲儿就坐不下咯。在这里生活，时间总是过得特别快，等准备启程回家的时候已经下午四点了。

因为村子不便利，反而让"去市里"变成了一件很快乐的事情。城市里得到一切都太容易，哪怕只是口渴，都有几百种口味的饮料可以选，点个奶茶，都要想老半天。

可是在村里，每天只能喝老丁头家早上挤出的牛奶，煮开后会有厚厚一层奶皮，是最棒的、百喝不腻的饮料。

回家的路上起了风，世界就好像倾斜了，车子总好像要往路边倒去。这条路比平时吵闹了许多，因为没有信号也没有广播，但是风却一直拍着窗户。

"别吵了，"我小声说，"娜佳阿姨睡着了。"

草原上的日子，像是一场混沌不清的梦，等梦醒来时，就是夏天了。

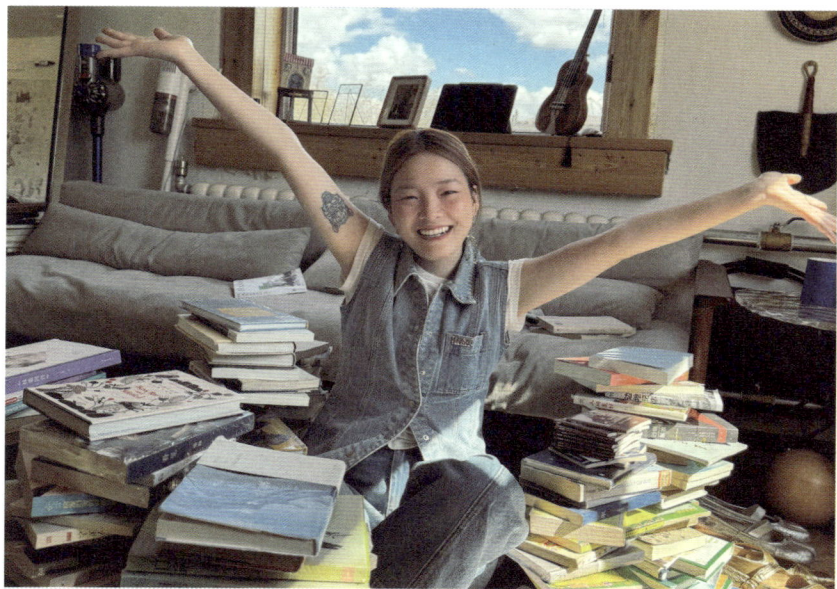

开心的几件事。

一

吃饭的时候狂风大作，树都被拖拽成了"Z"字，"哐啷"一声，装修用的彩钢板被吹得到处都是。我正要去捡，被陈叔拦住了。

"捡什么，下着雨呢，喝酒吧。"

"可是……"

"来，干杯。"

我回头望了好几眼，总觉得惦记。可一杯酒还没下肚，外面又晴了起来。

"哈哈，你看吧。刮风了就代表要晴天咯。"

二

铁柱打电话来问："你不是要看驯马吗？来吧。"

"什么时候！"我兴奋地起身。

"就二十分钟后吧。"

叫上阿全，揣上相机就往外跑。"快点、快点，要不就赶不上了。"我催促他。

从我家到铁柱的马场并不太远，开车五分钟就到了，实际上，去村里任何一个人家都不远。冬天零下四十多度的时候我去过一次。

走路去的。

那一天穿了羊毛裤、过膝羊毛袜、长裙、毛毡靴，头戴帽子，裹着手套围巾还有山羊皮的外套，在冰天雪地里走了半个多小时。

"你脸咋那么红。"嫂子看我到了，迎了上来。

"还能是热得？冻得呗。"铁柱说，"走来的？"

我点点头，不动声色地蜷了蜷脚指头，虽然屋子里二十多度，还是一下没缓过劲来。

到了村头往东北面开，又前后找了会儿才找到。春天的房子相比冬天是大变样，家家户户都刷上了彩色的新油漆。风吹散了些味道，平静地向后吹去。

"嘿！这儿呢！"铁柱远远地打着招呼。

走进马圈，马不在一个群，一匹匹地拴在不同的角落。还有一个一人多宽的木通道，塞着两匹斑点的马儿。

"马呀，一冬天没骑就会回生，所以春天都得驯，"他解释道，"这两匹，连鞍都不让放，只能关这里头上鞍，背上有东西它就难受。"

马真是一种有灵性的动物，天生喜欢自由，不喜欢被束缚。可是又慕强，遇到厉害的骑手才会乖乖地听话。铁柱的马场在村边，再过去就是后山，驯马直接在自己院子里就能跑，也是天赐的好职业。

第一个上马的是哈萨克族的二十一岁男孩，头戴棒球帽，脚穿黑色马靴，一拍照就会捂脸，手后面是红透的脸颊。

他上马极轻，先是试着颠了几下脚尖，接着一口气抬起右脚跨了上去。马儿一感受到背上有人，就开始弓着背甩着尾巴前后蹦跶。男孩左手拿缰绳，右手挥舞着驯马棍，下盘夹紧马身，上身却在随着马疯狂的跳跃自然摆动，虽看着颠簸，却稳稳地坐在了马背上。

"马一低头就是要尥蹶子。"铁柱双手抱胸说道。我一边听他解释，一边做好了随时转身跑开的准备。

"怕呀？"他问。

"怕，相当怕。"我老实回答。

"别怕，不会冲你跑来，马虽然尥蹶子，但还是有马师控着呢。"

可我还是不放心，小心地躲在栅栏附近。颠了不到两分钟，马儿安静了下来，谁知男孩用马棍抚过它的屁缝，吓得马儿又跳了起来，感觉随时都能把人甩出去。

虽然为哈萨克男孩捏一把汗，但没一会儿就看马低着头跑过来。快到面前的时候，又被控着掉头朝山的方向跑去。看清了，马的头抬起来了（抬起来就代表今日份已驯好），奔驰的马儿一下就被调教成听话的样子。

哈萨克男孩儿帅气下马，牵着缰绳递给我："可以骑了，你要不试试？"

"不敢不敢。"我向后退了一步。

"哈哈有什么不敢，我都在这儿。"

"……" 这男孩真的很会撩人，偷偷看了眼阿全，他没有生气，我也松了口气。

接着，又有两个马师继续驯。

"为什么不让他接着驯？"我问铁柱。

"那不得累死！驯马特别累，比你跑八百米累得多。"

这样的驯马每天一次，所有马得连续驯三五天才能结束。我继续又看了三匹马，怎么也舍不得走。

"想要赢得马的最高敬意，必须得驯服他，"回家的路上我对阿全说，"这种驯服不是打骂磨掉他的野性，而是用骑术去征服它。它会想，'这才是能暂时当我主人的人'。"

"它就是怂，打不过就加入。"阿全手握方向盘，有些义愤填膺地说。

三

2024 年 5 月 20 日中午收到最开心的礼物是——小山羊蹿天猴儿会吃奶瓶啦！

要知道，前三天，我得抱着它，把奶一点点挤在它嘴里，它砸吧嘴咽下去，一百毫升奶要吃半小时，一天还要被这样折磨三次，差点被气哭。

蹿天猴儿爱学样，看着另外三只羊开始吃草了，就跟在后面假装吃。

为什么我知道它根本没吃进肚子？因为它根本还没长牙呢！草根本咬不下来！这只装腔作势的小山羊！

四

小萨从海拉尔回来，给我带了牛板筋、烤鸭、牛肉肠、凉拌海带、凉拌鸭肠、漂亮的晾衣绳，还有手把羊肉。

太好啦，明天终于可以晾衣服啦！

都快六月了，还需要穿加绒的外套。透过玻璃眺望屋外，铅块一般浓重的天空，看起来那样低沉。

梦里遛了一晚上的羊，六点半就起来了。照例喂鸡喂羊，蹿天猴儿会自己跳到我身上了！陈叔说，山羊能像小狗一样驯化，就可以养在屋子里头啦。

早上给一直看不顺眼的厨房台面美了缝。在这里，不知不觉就变成了木工、水泥工、电工，还学会了电焊。建造一座小木屋，工作量简直等于建造一个小区。

花了一个小时给浴室的门框涂了红色的色块，破旧的门框突然可爱了起来。

阿全半天没见我从浴室出来，以为他会说我浪费时间，结果他指着我的笔说："颜料要沾湿一点，直接一笔完成，来，我给你演示一遍。"

他侧身过来拿走了画笔，"你看，是这样。"他低着头认真地画着，仿佛在对待十八岁的那场升学考试。

"你还可以在这里画一个半圆，就是一条红色玉米锦蛇。"他把笔递过来。

还有门。

我们家的门是自己拿木板定做的，有五厘米那么厚，左右两边都做了三角皇冠。

客厅砌了一个红砖壁炉，砖与砖的缝隙抹了白色的石灰。冬天的时候会去山里捡一些柴子回来，有桦木的，有松木的，烧起来噼里啪啦地响，植物燃烧的香气会透过壁炉门飘进房间，屋子里充盈着烤栗子和松木香。

两年过去，壁炉已经有了缝隙，可是它的热气直通火墙，陪着我扛过寒冷的冬天。

　　城市的房子通常都有严丝合缝的地板、漂亮的墙纸、一丝不苟的踢脚线。墙上写不了一个字，想要挂点东西都苦思冥想有没有什么不留痕迹的挂钩。

　　可小木屋不是。

　　当我想画画，就可以拿上颜料把窗框涂成绿松石的颜色。如果不嫌脖子累，还可以在天花板画满山林里遇见的动物。朋友送来的画，抢起锤子就可以打在墙上，要知道，这堵墙的背后是院子里的大泥，还有十二米长的巨大松木枝。

　　房子应该随着居住变得越来越奇妙，而不是小心翼翼不敢弄脏不敢住旧，那不是家，而是酒店。

　　小木屋的乐趣在于可以完全按照自己的想法去搭建，阿全想要在院子里的松树边搭一个树屋，高过我们的主屋。

　　如果恰好天气很好，还有云，那么就可以在八点左右爬上去，看哈乌尔河，看群山环绕着夕阳，再和春风打个招呼：

　　"你，终于来啦。"